高空三萬呎的人間報告

一位空少的魔幻飛行時刻

柯嘉瑋

高空三萬呎的人間報告

一位空少的魔幻飛行時刻

推薦序

天空作為一種逃逸路線

張小虹（臺大外文系特聘教授）

總喜歡在課堂上一講再講，那個有關「雨傘」與「蒼穹」的意象。人們慣於撐起雨傘做自我保護，還在雨傘的內面精心畫上一整片蒼穹，然後開心地在蒼穹之上寫下自以為是的信念與意見。但詩人和藝術家則不同，她／他們要做的不是自欺欺人，蜷曲在保護傘裡安全度日，而是勇敢割裂那畫在雨傘內面的蒼穹，讓宇宙混沌的自由之風吹入，讓透過裂縫乍現的一絲光亮啟動靈感。

這個文學意象最早出自二十世紀英國作家勞倫斯（D. H. Lawrence），而後被法國哲學家德勒茲（Gilles Deleuze）與瓜達希（Pierre-Félix Guattari）寫入兩人最後一本的合著專書《何謂哲學？》。雖然兩位作者在書中已竭盡全力，一心想要將複雜的哲學概念，以較為簡易平直的語言加以表述，但仍無法避免理解上的難度，故偶爾出現的文學意象，就顯得特別生動近人。每回在課堂上提及，總會瞥見學生眼中閃動的會意眼光，只是不記得，嘉瑋是不是也在其中。

總以為當嘉瑋再次跟我連絡時，應該就是博士論文已順利完成，躍躍欲試申請教職的時刻。沒想到嘉瑋交出來的不是談論英美文學的博士論文，而是一本在三萬英呎高空思考生命的文學創作，驚喜之餘，推薦信也就如此這般變成了推薦序。

《高空三萬呎的人間報告》不是散文，不是小說、也不是論文，而是一個大膽打破文類分界的創作實驗。在敘事結構上以「他」和「我」的分裂與雙重展開，「他」是一位男性空服員，在飛機客艙的「生活劇場」裡見證人生百態，「我」則是一位埋首桌前趕寫論文的研究生，一心想要從德勒茲與瓜達希的哲學理論中，鑽研出一整套有關身體－客艙作為「解域烏托邦」（Deterritopia）的新思考與新倫理。「他」和「我」像是一對最親密的友人，但也三不五時鬥鬥嘴、吵吵架：「他」和「我」不斷演繹著從身分認同到生活形態的差異與斷裂，但也如孿生子一般交錯共存在不同的時區，或天上地下相互映照。

但若妳/你以為《高空三萬呎的人間報告》就只是這樣一本充滿深奧抽象思考的書，那可就大錯特錯了。對於常常搭乘飛機的我而言，這本書讓我大開眼界，也大飽眼福，原來空服員可以看到如此之多怪形怪狀（比惡形惡狀更有趣）的乘客，而空服員作為一組觀察與被觀察的服務團體，自身的怪形怪狀亦不遑多讓。這本書讓我了解到空服員的職業特性、工作場所的辛勞與危險，可怕的待命室，有趣的交換機，複雜的班表，甚至那永遠不知從何而來的客艙積水，突然之間飛機客艙變成了如此魔幻卻又無比寫實的場景，永遠有著超穩定秩序中最不可預期的場景調度。這本書也是一本最實用、最溫柔的搭機手冊，讀完之後讓我悄悄立下心願，下次搭飛機若非必要，絕對不點特別餐，免得忙壞廚房組員，絕對不在飛機降落前購買免稅商品，免得讓空服員手忙腳亂，而客艙有如萬花筒般的小宇宙中，充滿了太多我們可以因了解而體諒的細節之處，可待再次體驗。這本書徹底改變了我習以為常的搭機經驗，一切變得如此有趣，像迷宮，也像推理小說。

所以我喜歡書中對「沒有－時間」的哲學分析，從線性到強度，我也喜歡那跳接在Tori Amos歌聲與印度德里馬路安全島上揮舞著螢光綠塑膠球棒的小女孩之間的敘事技巧；喜歡書中以平針縫線談網際網路，也喜歡將印度文比做突然起霧的早晨丘陵地之幽默巧妙；喜歡書中對階級意識的反思（商務艙與經濟艙，高等國國民與低等國國民，資深與資淺空服員），更喜歡那在七月的雅加達撞見《百年孤寂》馬康多的感性。而這些來自閱讀的歡喜讚嘆，讓我終於放下心中的一大困惑，為何嘉瑋沒有依循既定計畫赴美攻讀博士學位，原來他想成為寫作者的不安靈魂，遠遠強大過成為學者的循規蹈矩。

或許這一切只是一個美麗的意外。嘉瑋是台大外文研究所難得一見的奇才，碩士就學期間就已發表英文學術期刊論文，並積極飛到世界各地參與學術會議的論文發表，而別人至少花三年時間才得以完成的研究所學業，他破天荒地以兩年時間完成，並交出一本精彩的碩士論文，以「解域烏托邦」的自創理論概念，解讀加拿大女作家艾特伍（Margaret Atwood）的小說。就在我滿心期盼這位難得一見的奇才，能早日完成博士學業的同時，我似乎忘了嘉瑋在大學時期曾是劇場導演，拍過短片，會作曲，愛寫作。直到拜讀完這本書的初稿後，我才恍然大悟，雨傘裡虛假繪飾的蒼穹，如何滿足得了他要探勘宇宙星雲的那股強大能量。

他逃了，逃到三萬英呎的高空去思考何謂哲學、何謂人生、何謂文學書寫。他逃了，他勇敢割裂了雨傘，讓混沌宇宙的自由之風，直灌而下。《高空三萬呎的人間報告》是他風塵僕僕、歷劫歸來的書寫報告，也會是他前往下一個未知浩瀚宇宙的出發預告，飛行即逃逸，有風有雨也有陰晴，但對書寫者而言，回家最近的路永遠是離去。

推薦序

飛翔，亦是嚮往

艾迪摳（旅行部落客）

「大哥，我是你『空少』部落格的小粉絲，超喜歡拜讀你的文章！」看著他頓時漲紅了臉頰，瞇著雙眼、露出靦腆害羞的笑靨，雙手急忙在空中交錯揮舞並喊著：「沒有啦沒有啦～你有看喔？」這是我第一次遇見他，在一起搭乘前往機場的交通車上。

那天，我們一起工作，執勤艙單上出現了兩位同姓「Ko」的男組員，即便是第一次見面，卻令我有種莫名的親切感。我十分好奇眼前這位男生是如何觀察入微，能將平淡無奇、宛若呢喃般存在的對話與動態，轉變成一篇篇扣人心弦、耐人尋味的故事。我問，他答。在這一來一往交流的過程之中，都忘了飛機是何時起飛又落地。

Stairway to 35,000ft
Size matters

生活在空中，其實只是一種比較唯美浪漫的說法。客艙內所經歷的瑣事即使發生在地面，一切也都合情合理。只不過在空中討生活的人，時常會存在某些只有親身飛行過才會患有的疾病，就如同流行性感冒一樣，都擁有類似的病情與症狀。而這些發生在地面、發生在空中的細微末節，都被嘉瑋清楚且深刻地記錄了下來。

不同於大眾慣用「我」為出發點的思考邏輯，我喜歡他用第三人稱的視角去闡述著一段又一段的故事。讀著那些關於「他」的飛行故事，偶爾會誤以為自己就是那些文字裡所描述的主角，更是拉近作者與讀者之間的距離，產生緊密且濃烈的情感投射。

嘉瑋也善用他超乎旁人的洞察力，精準地描繪這份生活裡的各項細節。無論是待命室落地窗戶外被遮掩住的視線、亦是為了能夠無縫接軌真實人生的外站輪休技巧與理論，甚至當交通車行駛下交流道因交通號誌而靜止、使人慣性向前傾的細微動作，都被他用成熟且精湛的文字描繪地栩栩如生。

我記得，初入公司仍在受訓階段，當時授課的老師向我們說了一段話：「今天教你們的知識，只是為了讓你們能夠快速在未來職場中能順利上手，因為這份工作的內容，對於絕大部分人來說無疑都是全新的領域。等你們正式踏入機艙，第一個月仍會運用腦子處理事情，嘗試將課堂所學的套用在真實的工作環境。但當三個月、甚至半年，你們逐漸都能得心應手之後，工作就會變成不假思索的反射動作，請記得，仍要帶著你的腦子上機，偶爾記得使用它。」

前陣子，一位令我尊敬的前輩這樣對我說：「我很喜歡你們撰寫的文字，很多都讓我想起以前的事，覺得我們的工作其實也沒有那麼無聊。我曾問過身邊一位同樣飛行了十九年的同事，問她為什麼別人總飛得那麼精彩？結果你知道我們的結論是什麼嗎？我們都是金魚腦，好的壞的，下機後都記不住。」對我而言，文字就是記錄生活上一些瑣碎的小事，那些別人或許覺得沒什麼的雜事，但只要記錄下來，最終都會成為自己的故事。

我是先認識嘉瑋的文字，才更熟識現在生活裡的這位摯友。很感謝他給了我這個跟大家分享一本好書的機會，但更要感謝他這短暫的三年飛行生涯裡，總是帶著他想像力豐富又多愁善感的大腦，記錄著一段段真實、也發人省思的回憶。

《高空三萬呎的人間報告》是我閱讀過最貼近真實組員生活的書籍，裡頭的內容不會告訴你如何成為一位專業且稱職的空服員，但如果你正同處在一樣的天空裡飛翔，亦是嚮往、好奇著這片藍天裡可能發生的一切事物。那麼，這本書你絕對不能錯過！

飛行線．序

有沒有一種思考，是關於空服員的思考？
有沒有一種哲學，是關於空服員的哲學？
有沒有一種書寫，是關於空服員的書寫？

我有個空少朋友，後來我們不聯絡了。

他是個奇怪的傢伙。好比說，他下班後常常不開手機。他的說法是，他喜歡待在天空的感覺。不開機可以延長待在天空的時間，只要誰都找不到他，他就可以宣稱自己還在飛。

我說，你這不就是鴕鳥心態嗎。他說，鴕鳥心態是逃避的心態，但是他沒有

當航機穿越雲層，映入客艙的光影將時間的流動定格成一張張投影片。在那當下，能不能說是截取到一日之中最難得的魔幻時刻？

逃避任何事情。「我可是積極正面地在天空逗留呢！」他笑著說。視訊那頭幾乎看不清楚他的臉，因為他剛下班，在大巴上。深夜車裡只有外頭路燈打進的光線夠我看到他模糊的輪廓。

「姐們都在睡覺，我不能講太大聲，下次再聊。」我心想，你總是有那麼多詭論，在天空逗留什麼的。似是而非又新奇有趣，卻又那麼單純。他是個奇怪而簡單的傢伙，不知道他積極正面地逃避著什麼呢？

■

吉爾・德勒茲（Gilles Deleuze）與菲力・瓜達希（Pierre-Félix Guattari），既是各自發展哲學概念的哲學家，也是同時合力著作的哲學組合。當兩人合著時，我們除了知道作者是「德勒茲與瓜達希」之外，著作內容完全不會提及哪個段落出自哪位之手。雖然許多人已經習慣把兩人合著作品裡頭的思想統稱作德勒茲的思想，但我總覺得，若我是瓜達希，大概難免對德勒茲產生一點瑜亮情結吧。即使自己心裡明確知道是「德勒茲與瓜達希」，口中講著的，始終是「德勒茲」。

我也不知道，每次提及「德勒茲」的我，心裡是不是總有把兩個人，或是兩個人作為一個人的「德勒茲與瓜達希」，或是，這一組刻意的、不願意被區分的「德勒茲—瓜達希」作者連結，給確確實實地放在心裡。兩個人連寫作行為本身都不離自身的哲學，致力在一種「連結」形成的瞬間，在那瞬間可能會產生的一種高張的強度，致使更多可能性得以創生。或許每次只提及「德勒茲」的我，也可以這樣替自己辯解：身為哲學家的德勒茲與瓜達希，兩人在合著時，德勒茲不是德勒茲、瓜達希也不是瓜達希；當然兩人也不是「德勒茲與瓜達希」的「加法」組合。當「德勒茲—瓜達希」這個哲學組合在闡述哲學概念時，他們儼然成為一個外於「德勒茲」或「瓜達希」，也外於「德勒茲與瓜達希」的一種連結。這種連結，是一種強度、一種創造哲學概念的強度，一種得以「解畛域」固有束縛、讓創意得以逃離無形枷鎖的能量。也因為這種外於姓名的哲學組合無法被語言給圈限住，因此我只好稱這個「德勒茲—瓜達希」連結作「德勒茲」。懷著一點偷懶被抓到那般的罪惡感，也懷著幾分面對未知力量的崇畏。

■

他總是分享許多大大小小飛行相關的事。聽多了，總覺得好像我也是個空服員那樣，知道空服員工作大概是怎麼一回事。他的故事對我而言說不上身歷其境，反而像是絮叨聽多了，自然而然就理出一套頭緒。也或許因為我不是個太常搭飛機的人，對於客艙的印象總是模模糊糊，經過他（總是稍嫌繁冗的）敘述之後，對於客艙好像因此產生了更明確的理解，也能更加自在地從他的敘事（抑或是碎念）裡頭抽絲剝繭。

「反正，這份工作就是這樣。」這是他最常下的結論。

反正，有哪份工作不就是這樣？曾有一回我這樣回應他，但是他很快就繼續抱怨在飛機上遇到的某一個，他覺得不斷在刁難組員的客人。我跟他說，下飛機就忘了吧，反正出了機門各自的生活就彼此無關。生活還是要過不是嗎？

但是我無法想像的是，當我說「生活還是要過」的時候，他是怎麼理解「生活」的呢？

是不是因為我自己的生活太過微不足道、太過平凡，所以才開始對別人的生活產生好奇呢？又特別因為，他的生活有好大一部分發生在我看不到的地方——在天空裡的生活，所以我才會思考這種叫人難以面對的問題——「空中的生活是什麼呢？」我知道他從來沒有想過這種問題，所以我也從來沒有問出口過。我可以猜想他的回答又會回到那套「不過是工作」之類的說法。

「但至少，」我像是替自己辯解那般（但是辯解什麼呢），「你們可以暫時逃開一些煩人的事，飛出去就沒人能管你。」煩人。凡人。我以為飛上天空之後的人就不是凡人，也不會煩人。他總是沒好氣地回答：「你不懂啦。」因為在天空中發生的事情不會因為重力而掉到地面上，既然不會掉到地面上，自然就不是我們這些在地面上的人可以理解的事。

從他的單眼皮裡頭我解讀不出任何線索。關於他的生活的線索。這就是為什麼我這麼討厭單眼皮的傢伙。

■

一九六〇年代尾聲的法國。德勒茲在哲學界已經嶄露頭角，瓜達希在精神分析學界也已開始有發展起色。但是兩人彼此不認識，連學術上的對話都未曾發生過。即便兩人的共通點大抵是各自採取激進的姿態發展哲學或是臨床思想。彼時德勒茲已經出版了至今依然為人稱道的哲學著作《差異與重複》和《意義的邏輯》等，並且在里昂大學授課；而瓜達希也是個頗具地位的精神病理學家，在著名的La Borde精神病院為病人看診，同時也參與許多激進的政治活動——當時的精神分析學界哪裡能想像後來瓜達希以反叛的姿態發展出「精神分裂分析」呢？

德勒茲與瓜達希透過共同好友認識，兩人在第一次見面後一拍即合。當時德勒茲正積極投入拉康的精神分析理論。雖然很弔詭的是，德勒茲對於精神疾病的臨床一點興趣都沒有，他甚至直接表明自己無法與精神疾病患者共處一室——這大概也是為什麼德勒茲對瓜達希始終保有一種崇敬。而對於擁有豐富臨床經驗的瓜達希而言，德勒茲的哲學概念發展既創新又具革命性，再加上兩人在思想上的一致頻率，為兩人提供了強大的力場，透過頻繁的書信往來，兩人交換彼此對於精神分析、對於「欲望」作為一種思想機器等等的概念，他們的第一本合著《反伊底帕斯》不久後將要席捲哲學界以及精神分析學界。

當德勒茲談及兩人的這種特殊寫作關係時，他也描述到，兩人都是把自己置放在某種狀態，在這種共有的狀態裡頭產出的文字，自然無法辨識出哪個段落出自誰的筆下。若真的要對這種狀態給予一種形容，莫不如說是兩人早已具備一種得以釋放出哲學概念的頻率，當哲學概念藉由兩人的交談與書信往來越發成形時，他們便會將概念用文字鋪展開來。於是在書寫的當下德勒茲不是德勒茲，瓜達希也不是瓜達希。而是透過哲學概念的創造而貼擠出來的「德勒茲－瓜達希」。

但是實際上的稿子到底由誰下筆，又由誰審稿定稿呢？我們大可猜想德勒茲或瓜達希都會說——你問錯問題了。

■

或許因為他太把一切當作稀鬆平常，讓我更想知道這些在天空中工作——抑或是「生活在空中」——的人，過的是怎樣的日子。我曾經問過，你們在飛機上都吃些什麼；長程飛行的時候在哪裡休息；通常會飛什麼地方（他有一回在語言中透露了輕蔑，「我超討厭別人問我是飛國內線還是國際線。」）；一架飛機通常會有幾個空少；打算一直飛下去嗎；最喜歡去哪個國家；休假都在做什麼……。每當我提出一個明確的問題，他便以最草率的態度回答：「我們有組員休息區」、「飛哪裡都差不多」、「休假都在睡覺」，諸如此類。我知道這種輕率，不真的來自他的個性，他也只是懶得回答問題而已。

我並不著迷，只是好奇。希望這聽起來不像是辯解。

而當我轉向其他話題，好比說，問到他休假沒有在睡覺時的生活是什麼，他又會開始滔滔不絕地說起他的工作。說他討厭飛大陸班、哪個經理又在發神經、覺得哪個客人很可憐、一起飛的某個「大哥」同事又在騷擾他，覺得好累不想做了。一開始我還會好好地聽他抱怨，試圖要他不要隨便放棄這份聽起來很不錯的工作，但是到後來，「那就離職吧」似乎才是最理想的答案。

每當他聽到我說「那就離職吧」，他會立刻回答「我不要」。再過兩秒，「但是又有點想。」我說，你就是口嫌體正直。「你這是什麼意思？」他無辜地問。雖然他曾經說過，想要在離職的時候把所有在公司遇到的事情寫下來。我說：「很好，看來這些東西永遠都不會被寫成了。」想當然爾，他沒有聽出裡頭的諷刺，也只是反問：「為什麼？」

也或許，這些東西的確都沒什麼好寫的。一旦開始仔細思考，他的工作對我——或是像我這樣的一般人——而言，大部分都是可以想像的。或許，把地面生活的一部分像是影片那樣剪下來、貼到空中的客艙裡，幾乎可以完全貼合也不一定。而兩者之間無法密合的部分，造成的疊影會不會類似光暈，貼擠出來若有似無的映像讓人無法直視？因為越想要看清，只會越看越迷離。飛機上的飲食是怎樣的飲食，飛機上的人際關係是怎樣的人際關係，地面上的東西在飛機上會變成什麼樣子（為什麼我直接假設飛機上的任何東西都會變得有點不一樣呢）？我好奇的，關於他的空中生活，是否正是這種疊影？

這種疊影，是謂一種「生活的變體」。我擅自這樣定義，不管他同意與否。

我一邊望向圖書館外坐在石梯上的情侶對著日暮天光彼此摟抱，一邊想著，不知道他落地後會不會立刻傳訊息給我。這次不知道是不是又會遇到怎樣奇怪的同事或是客人。

■

一般所提的「飛行」，大抵意指帶有「行」功能的「飛」。本文意圖打破「飛」與「行」的附屬關係，將「飛」與「行」進行創意連結為「飛－行」，並且以空服員作為「飛－行」展現之場域，探討空服員在客艙裡頭與空間和時間之關係。客艙作為空中之生活環境，其結構和運作模式幾可比擬一種烏托邦之建構，然而此「烏托邦」實為一種「去歷史、去經濟結構」的烏托邦，而空服員作為在此烏托邦內移動之身體，確實打開了一種身體與客艙空間、客艙時間的互動關係。本文將探討客艙空間如何作為一種特殊的「解域烏托邦」，透過德勒茲－瓜達希發展之「逃逸路線」和「解畛域化」理論，討論空服人員如何與此空間和時間／時差之關聯發展出一種「第三」時間與空間，藉以思考空服員與客艙之間的創意連結如何創造而生。

■

我們的生活，到底哪裡不一樣了呢？

空少・地面

「空少」

札幌—台北。鮮少有組員不喜歡這個班：能在札幌過一夜，在當地有相對充足的睡眠，還能到處走走晃晃。要在所有班中選擇一個最愛的，目前他仍會不猶豫地選這班。而這班雖然是日本航班，卻不會配日本組員，因為客人大多為台灣團客。

「台灣團」在組員之間自有其背後意涵：你會看到很多水壺，你會看到端不完的飲料，你會看到很多，其實沒有什麼不行，卻也沒什麼讓人太過自在的要求。當然，空服員自有其工作本分，要維護旅客安全，也要滿足旅客需求。你會看到很多畫面。身為空服員的你也常常看不到旅客的眼睛，因為那些不正面瞧你的眼睛，為數不少。

倒也沒什麼大不了的，旅客來來往往，照過一次面後，人生或許不再有交集。但總很難每一次見到每一張臉孔都給予同樣的笑容。他有時候也自覺自己臉垮掉了，或是在某個甚為憤怒的時候，眼神一定是充滿火焰但嘴角仍然不爭氣地掛著彎月形，笑臉不成笑臉，此般尷尬。習慣性的笑臉成了一張廉價的面具，講難聽一點，他的眼睛和魚已經相去不遠。他不知道面對客人的自己會不會是個好演員，能否上戲、能否下戲，又或者，平時那般自認為誠懇待客的態度，本來就是不費吹灰之力的偽裝。難免，適合這行業的人多少就要有一點與生俱來的騙術。白色騙術一如白色謊言，出自冷漠的善意，不想與誰有何瓜葛。生來便不自覺在騙人的本能，連自己都可以被自己唬得一愣一愣，更好。

客人預報全滿。組員一踏進客艙，上了最緊繃的發條，洪水宣洩似的做完飛行前準備。拿出手電筒，對照裝備手冊檢查安全裝備、確定客艙清潔合格、廚房用品就定位：廚房檯面上散布著大袋裝的麵包，負責廚房工作的組員仔細清點數量，因為日本線回程的麵包通常不會多上，所以組員必須確保麵包數量至少和客人人數預報相符合，這時候其他組員會幫忙整理廚房用品，確定咖啡包茶包數量都夠，把廚房「布置」成起飛後可以方便組員工作的模樣，該放在哪個櫃子的所有備品都出現在它們該出現的地方——大至水壺，小至糖包，缺一不可。負責免稅品的組員依照習慣通常優先幫忙整理廚房，直到資深同事一句話：「先去點車」，才會趕緊把免稅品車拉到不妨礙廚房工作的位置去，火速清點庫存。

還沒看看自己面對客人前的樣子，經理廣播：「客人準備登機。」每個人依照職責，各自有預先規定好的迎賓位置，他急急忙忙走進廁所稍微對著鏡子確認自己還是人模人樣、重新紮過襯衫、拉直背心，然後，微笑，回到客艙。

遠方一陣聊天喧譁，聲音越來越近、越來越近，客人來了。他們一如這個航線的往常，手上大包小包：六花亭、LeTAO、Royce，以及更不能少的白色戀人，東西多得大家步履蹣跚。747-400的客艙已經如此寬敞，但此時卻顯得如此狹窄。客人們不時與座位扶手碰撞。空服員與旅客錯身也顯得吃力，這時又免不了來自旅客的那陣理所當然般的命令，「小姐，幫我擺上去。」他當然也免不了一陣忙亂，把滿出來的行李置物櫃重新整理，好騰出更多可以置物的空間。

要是人生也可以如此迅速敏捷地整理就好。又或者是，整理到行李櫃能輕易關上的程度那般就好。

旁邊一家子四口各個打開包裝好的毛毯，女兒卻選擇把毛毯收到座位口袋裡。「媽，那個東西不要用，我有朋友在修飛機的，他說飛機上的毛毯都很髒，有人會吐口水在裡面。」他一邊整理行李櫃，一邊納悶修飛機的人員跟飛機整潔有何干係。人潮洶湧，終於旅客登機近乎八成。迎面而來是一對情侶。或是夫妻，總之，一對伴侶。

兩人相談甚歡時，男子突然望向他一眼。

「什麼，怎麼會是空少！」男子說。

「你太大聲了啦。」女子說。

「我怎麼了嗎？」男子說。

他下意識地身體轉向那對伴侶，卻又下意識地把頭別向另一邊。不對，不應該正面交鋒，我們井水不犯河水。還有四個小時的航程要度過，飛機平安落地最要緊。一時間他也被自己這麼偉大的情操給逗樂，因為飛機能否平安落地不是他能控制的。但這時候他只能藉由思考一些龐大的、高尚的議題——好比，飛機能否平安落地——來縮小自己頓時突兀的存在感。

但是身為一位「空少」又怎麼了嗎？

遙記當時才剛上線，某日休假他突然接到公司來電。那是他接到的第一則客訴。公司那頭總是很有禮貌地問道：「大哥，我想要跟你請教一件事情……」當一個權力顯然比你大許多的人用如此委婉的語言的同時，你勢必得——不管自願與否——卸下一定的防備。電光石火之間，「請教」兩個字就是最無形的武器。因為「請教」這時候不是「麻煩你告訴我」，而是命令式的「你必須提出個說法」。

電話那頭的人員說：「大哥，你記不記得，上個月那趟法蘭克福回程有個客人請你幫忙處理個人影視系統的問題呢？」

「姐，那一趟飛機的影視系統一直出問題，我記得我有幫很多客人處理。」

「我們這邊接到一則客訴，說當班機的空少只說要幫忙重新啟動系統，但是沒有回來確認影視系統是不是已經回復正常。我看了那班的組員名單，男生空服員就只有你一個。」

「姐，我對每個客人都有說，即使我從系統那邊重新開過，也不能保證系統會回復，如果問題依然不能解決，還要麻煩客人通知我們一聲，我們一定會努力處理。」

「所以，你的確沒有回去確認那位小姐的影視系統？」

他才發現，電話那頭沒有人在聽他說話。

倒也不是他特別在乎自己的紀錄裡頭有沒有這則客訴。而是當他發現自己其實很輕易就能暴露在指控的刀刃下，而且往往沒有招架之力時，他才大概了解自己是多麼不爭氣、怯懦、苟且偷生的，喜歡躲在安全的群眾裡頭。

既想拋頭露面，又不願在任何形式上鋌而走險，不想發出驚人之語或做出離經叛道的事，又有點想要與眾不同——他被好友這樣形容，「難怪你看起來做得好像很開心」。

是啊，因為此時他沒有直接走向那位先生，對他問道：「請問『空少』怎麼了嗎？」

是啊，因為他望向幾個還開著的行李櫃，想著，接下來其他客人的行李找不到地方放的時候，還能從那裡頭挪出一些空間。有的時候他知道自己沒有好好調整行李的位置，只是索性把東西用力往裡頭推，然後使勁把行李櫃關上。行李櫃扣合的清脆聲響總能帶來一點充滿罪惡的快感。

是啊，微笑依然掛在臉上。「歡迎登機。」他對著仍在走道上找尋位置的客人說著，似是大聲的喃喃自語，大家都聽見了，他自己卻聽不見。

表單上的我們

從台北出發先飛到東京成田、再從成田飛到檀香山，這樣多航段的航班裡，除了硬體設備外，少有什麼真正從頭到尾都在飛機裡頭，從台北飛出去，經過一段時日、經過四段長途跋涉後，又回到台北。諸如此類的航班可能也會是從台北飛往新加坡、再由新加坡飛往泗水。真的從頭到尾參與整架飛機航程的，可能是什麼呢？

比如說，一罐被遺忘在視覺死角的蘋果汁。所有空服員餐車推出去後發現蘋果汁都用完了，前一檯車跟後一檯車借用，找不著，資淺的只好主動積極穿過走道到另一側跟另一頭的空服員借用，也找不著，沒了沒了，「先生，柳橙汁可以嗎？」直到大家都遺忘了曾經急迫尋找的蘋果汁後，那一罐才悠悠然出現。壓在柳橙汁下面，大家心急的時候以為那是一罐番茄汁。但它也有可能根本不會出現，一路從台北出發，又回到了台北。

當然也有理當從頭到尾都不離開飛機，直到飛機回到台北才被地勤置換的，

眾多水壺、茶壺、咖啡壺。

■

空服員的相遇，有實體的，也有名目上的。從即將成為空服員的那一刻起，陌生人們被聚集在同一個班級裡頭受訓、相識，或是經過已經是空服員的朋友們事先相互介紹的，照了面，談過天，等到哪次航班終於遇到了，一起工作之後，頓時成為熟識的人。上線之後，一次又一次遇到不同組合的同事，等到下一次終於又一起飛，在有認出彼此的前提之下（雖然，有時候相認不真的是雙方面，而是單方面記得），會像是許久不見的舊識那般，突然變熟了，一下子聊得不可開交。

這種速成的相識，當然也很容易在飛機降落的一瞬間收束，壓縮成人際關係的乾燥罐頭。不知道被什麼保存著，直到下一次又一起飛到，才被拿出來，打開罐頭，香氛撲鼻，新鮮而充滿活力的一段人際關係。乾淨美好不受凡塵汙染的一片淨土，遊走在熟人與陌生人之間、或是兩者兼具的相識關係——高空的人際關係——但是又那麼不堪一擊。

畢竟，上線後總難有什麼樣的情感能比得上當初受訓同學朝夕相處那樣培養出來的默契，對於彼此之間的好與壞、光榮或不堪，通通都一起經歷過。這可是從地面就開始培養的。也莫怪乎對他、或對大部分空服員而言，有同學的航班，飛起來的心情總是輕鬆一些。

也有些時候，空服員靠著飛機上的物品彼此認識。那會是一件被忘在機上的外套，上頭掛著的名牌寫著名字以及序號（比如A2312，代表第A23批空服員裡頭編號12的空服員），你可以從序號得知外套主人比你資深或資淺，然後你可能想著該怎麼把外套還給主人。也有可能是在交接飛機的航班，上一組組員先替你準備好了返航時需要的一切，還在飛機上留了紙條說明諸如咖啡袋、糖包、麵包籃等等的大小物品被收在哪裡。可能具名、可能匿名，最後附上「祝飛行順利」、「Happy Flight」之類的話語。雖然大部分的組員連看都不看一眼。

曾有一回他收到「Safe Flight :)」的紙條，心裡覺得這才是最實在的留言，便一直把這張陌生人的留言收在自己的小筆記本裡。相遇不相識，或許比乾燥罐頭的熟識還要雋永一些。

比如說，一張台灣入境表格。大概從好幾個航班前就被忘在機上吧，空服員總難免覺得，反正每一趟回程都需要用到，就不特別放回去原本的櫃子裡。但是每一次回程都會拿到一疊新的入境表格，發完剩下的幾張可能又被留在機上。那一些沒能帶領旅客進台灣的表格就這樣又飛了出去飛了回來，被新的空白表格壓疊，成為機內無名的遊魂。入不了國境的入境表格。

■

空服員的相聚，有約定好的，也有恰巧的。

——這個月休哪幾天？

——我目前九、十七、二十三號沒有約。

——十七號我休假。那就十七號出來吃個晚餐？

——啊，我發現我十八號大早班，前一天晚上不想出門。

——只好下個月再看看了。

諸如此類。越是特別想約，日子越像是追不到手的夢中情人。

反倒可能是某次一飛出去就七天的澳洲班，中間的日子剛好遇到幾天前飛到當地的組員，恰巧在市區或超市；或是在飯店大廳遇到先前飛過的同事，一起吃個飯或到哪裡走走，彼此好像更熟了一些；又或是遇到同學，喜出望外之餘，一同出遊談天，才發現原來地訓時期還曾經有過那麼一些我們都不知道的故事。誰跟誰其實交往很久了，誰跟誰從此不講話了，誰又被公司怎麼了，誰說不久後要離職了。

——回台灣再來約吃飯啊。

——好啊，你再來什麼班？

——休兩天又是長班。

——好啊，那下個月再看看班表怎樣再約。

諸如此類。

■

比如說，一個她在歐洲市集買到的髮夾。

比如說，一把他在大創買的小圓頭剪刀。

比如說，一枝他女朋友送的名貴原子筆。

比如說，一袋他男朋友切好要他記得吃掉的，裝在保鮮盒裡的水果。

比如說，一本她女朋友親手製作的手工筆記本。

比如說，她刻意帶上飛機想丟掉的，前男友忘在家裡的手帕。

比如說，老爸老媽要你順便帶去給日本老友的鳳梨酥。（這種大概會被下一段交接飛機的組員以為是要送給他們的食物，開心地吃掉吧。）

■

那時候地訓剛結束，同學們彼此分享著遇到怎麼樣的同事，善良的也好，邪惡的也罷，通通是話題。突然結束一段為期不短的團體生活，被硬生生丟進天天必須面對陌生人、還得與陌生人共事的日子裡，大家紛紛分享自己不同航班的大小事。他心想，要是能跟同學一起飛就好了，工作就不會那麼緊張，出錯了還有人可以幫忙，累了也有人可以分享。

至少是如此，只要有個認識的人就好，即便胖虎也會跟大雄成為一輩子的好友吧。

直到終於習慣了與陌生同事的相處模式，自己發展出一套應對機制，成為算是獨立的空服員，漸漸成為人際關係罐頭製造工廠。習慣了上下班混亂不定的時間、或開始不去在乎因此流失了或褪色了的昔日好友後，有時候甚至連航班要去的地方都不甚在乎了。反正，就是上飛機而已。

就在那次，飛的是東京成田－檀香山那個航班吧：台北，東京，夏威夷，東京，台北，一去就是五天。還算是爽的班，能去日本能去夏威夷，光是吃就夠你滿足了，錢也花光了。日子也夠多到能交到幾個組員朋友（天天都膩在一起的話）。倒是因為他日文跟英文都算通曉，餓不死自己，也因此不需要依附在哪個同事身邊，也不知道是犯著了怎樣的自閉症，不知不覺就自己度過在外地的休息時間，與同事的相處也只限於工作場合。

然後他上飛機，準備這四段航班最後一段的飛行：成田回台北。幫忙廚房弄完準備工作後，他打開免稅品車，看到詳列免稅品項目的表單上簽了三個空服員的名字，各自代表其中一段飛行裡掌管這車免稅品的組員：C5818、C5807、C5820。

他看到這個名單時，猜想著這些同學在飛機上工作的模樣，才發現自己沒有跟他們飛過呢。他應該是個很會跟同事攀談的傢伙吧，她應該是個做事俐落的空服員吧，她應該很照顧資淺同事吧。他這才意識到自己沒跟他們飛過，甚至從地訓之後也沒有私下碰過面。

他在表單上面簽了自己的序號，C5823。表單完整了，我們也算是相聚了。表單上的我們竟然讓這種擦肩而過成為永恆。他驚訝地想著。

■

——欸，下個月班表出來，我們喬一天休假出來聚聚吧？

這次，他這句話說得比以往還要認真。

巧遇

工作愈久，愈把巧遇當作常態。話說回來，什麼叫作「巧遇」？是否建立在兩人已經彼此認識的前提上，在雙方沒有約定的場合裡相遇，這樣就能叫作巧遇？然而，若是兩個原本互相不認識的人，在幾次短暫談話後終於發現與對方頻率相通，一拍即合的當下，這種相遇，是否也算是某種程度的「巧遇」呢——一種並非建立在面對面的對談，但是又必須要藉由面對面來促成連結的一種相遇的模式。「要是早點相遇就好了」這樣的話語，是否意味著，「巧遇」的成立必須建立在那第一次、彼此相識，並且確認對方的存在的那一刻呢？並不是所有人都把「巧遇」放在心上的。也就是說，「巧遇」一直以來都是一種雙向的關係，也必須總是帶有某些浪漫情懷。

組員間常常講著的一句話：「要是能跟你（們）一起飛長班就好了。」有時候，他也會真心這麼覺得。也有時候，他會覺得這是一句不太負責任的話，好像此時此刻的相遇馬上會被生活的巨浪給沖走，所以大家提前為了此刻相遇的消失而哀悼，哀悼完就沒事了。當然也有很多時候組員們在網路上放合照，底下註解「要是一起飛長班就好」，這可能只是一種炫耀性質的展演，告訴大家「我們過得雖然苦，但是身邊很多好夥伴」，欲拒還迎地表現出「不太爽卻很爽」的微妙姿態。

也有時候，當他終於遇到一位不論是工作節奏或是談話風格都合得來的同事，心裡也未曾浮現過「要是能一起飛長班就好」這般的想法。追根究柢，要是沒能飛到這個短航班，可能直到離職，他們也不會認識彼此。所以「要是能一起飛長班」的這種願望，總覺得是得寸進尺。

總是這樣抱持的想法，竟造就他一種更加慣常的、對於大部分同事懶得多加對談的壞習慣。特別當他是全機最資淺的組員時，除了客套應對外，也不多說什麼，靜靜看著資深組員做事的方式，想著該怎麼幫忙比較符合同事習慣，順順地飛完這趟航程就好。邊看邊學，也會知道將來要怎麼幫助比自己資淺的同事。

他當然還記得自己才剛上線時，那大概是第五次還第六次飛行而已，短短一趟香港來回班，餐點還沒完全收完，他就被一起推車的資深同事趕回廚房，「大哥，餐我來收，你快點去把免稅品賣掉。」她說。他還沒能反應過來，心裡揣度著這到底是姐的好意還是試探，乘客們又一個接著一個把髒餐盤遞到他手上時，姐又說了，「大哥，快去，不然你那四個還五個網路預定商品會來不及賣掉。」像在槍林彈雨的戰場上，他穿過客艙，進到廚房，還特別想了一下網路預定商品被裝載在哪一個箱子裡，把商品裝袋，確定數量都沒有錯後——此時機長的下降廣播已經做完一陣子了，飛機大概再十五二十分鐘就要放輪，這代表所有空服員只剩下十五二十分鐘能處理完客人下的單，不論是飲料還是免稅品——他手上掛著四個購物袋就衝回客艙。

起初賣得很順利，客人的卡片可以成功過卡，商品細目也沒有出錯。當他只剩下一份商品要結帳時，其他組員早已收完餐，各自在廚房善後。然而他眼前的這位小姐，看了購物袋裡頭的商品後，決定不要裡頭的口紅，又想要加買其他香水。他一時眼花繚亂，不知所措，還想著該怎麼操作手上的機器時，姐從天外衝來，問了那位小姐想要退什麼貨、想要加買什麼貨，而這時客艙經理也已經廣播要求空服員做落地前的安全檢查。通常聽到落地前安全檢查的指令時，空服員應該立刻開始巡視廁所，確定裡頭都沒有乘客、確認客人各自就座也繫好安全帶，然後回到組員位置上，等待經理巡邏過來，依照公司規定，得向經理比個拇指，表示「一切都沒有問題」。

但是他竟然還有手上這一份商品沒有賣掉。還得結帳、算清款項、把廚房裡的免稅車通通鎖上，還要上封條。當然他知道一切必須要以安全為優先，但是總不能把客人丟著。

他看到姐俐落地點著機器裡的商品細目，跟客人解釋礙於時間因素沒辦法另外準備她要的商品，一邊請客人就想買的商品結帳、簽名，不消多久姐遞給他那張客人的信用卡簽單，叮嚀他說：「哥，把這個收好，然後快點把車子收一收鎖好，客艙我先幫你巡，等等你有時間再出去檢查。」

那位姐留著很短很短的頭髮，那樣短的髮型成了他記住姐的唯一特徵。

■

幾個月後，他們又在一趟很短的航班相遇，只是這次他比較資深一些了，姐一眼認出他來。「大哥，變資深了喔。」她說。他像是長大一點的小孩那般笑著跟姐點了頭。

他竟因此感到幾分歲月如梭，即便只是幾個月的光景。但也因為他真的成為稍微資深一點的組員，這次和姐在不同廚房工作；姐依然是經濟艙裡數一數二資深的組員，負責和最資淺的組員工作。兩人只有在上飛機前，以及下飛機後能夠見到彼此。這趟一如往常的「戰鬥航班」，餐盤他不記得是用放的還是丟的，也不記得客人用完的餐盤是從客人手上接過來還是搶過來的，免稅品這裡那裡收錢找錢，一趟來回很快就結束了。

一群組員隱隱之中照著資深資淺列隊在機場裡頭行進，離開登機門、通過海關。他依舊只能望著姐的背影，心裡仍存感激，也開心還有機會和姐，某種程度上，一起工作。上了車的組員許多人像是洩了氣的氣球，把頭髮解開，椅背後傾，很快就睡著。他坐在巴士的尾端，晃著晃著忘了自己何時睡著的，一直到巴士下了交流道進入台北市區，車子遇上紅燈由行進轉而停止，車身因慣性而往前搖，他才被搖醒。耳機裡的歌曲兀自唱著，沒有停過。

他知道離巴士第一個停車點不遠了。要是姐在這站下車，他得記得把耳機拿下來，跟姐揮手道別才行。而姐的確準備要在第一個下車點下車，他看到姐收拾手邊的皮包，掛到肩上。

巴士停到路邊。他把耳機摘下。巴士門開。姐起身，走到巴士門口，拉著行李箱頭也沒回就離開。巴士門「嘶」的一聲關上。關門後的巴士突然變得更加安靜，而這種寂靜居然一點一點地膨脹開來，像是要慢慢滲進他體內那般。

到底怎樣的場合能叫作「巧遇」呢？他認為這次的飛行和姐就是一場巧遇，

而姐或許單純地覺得，「喔，我和那個小哥一起飛過，那時候他才剛上線而已。」他怎麼到現在還搞不清楚，並非所有人都必須要在乎你在乎的事情呢？

他趕忙把耳機戴上，歌曲還沒進到副歌，他還沒錯過好聽的部分。巴士再兩站就到終點站了，想聽的歌得快點聽一聽才行。

他把音量調得比以往還大聲一些，好抵抗外頭不斷入侵的寂靜。

班表

班表是欲望。欲望是黑洞。班表，也是黑洞。

他曾經放任自己恣意在換班網上頭流連忘返。這個設立在臉書、以「任務交易」命名的粉絲專頁，似乎透過臉書媒介成為獨立的新生命。每每登入臉書，只是為了打開換班網，看看有沒有哪位有緣人的班恰好和他的班能夠透過彼此交換，一同邁向理想班表。換班網，因此超越臉書本身，再也不管哪個誰最近生活怎麼了，反而，班表的拼湊成為生活重心。所謂喧賓奪主。

或許話也不該這麼說，畢竟在臉書上也未必真的能夠與所謂「臉友」進行多少互動。臉書上的一張張面孔各自代表自己生活裡頭的空洞，那些在生活中缺席的人們，即使在臉書上仍然看得到他們的照片或狀態，一切也形同看不見。與其在一片虛擬的人際海裡載浮載沉，不如，好好掌管自己的生活吧，追求自己理想的班表。

一開始，只是見到原始班表某一日休假與另一日休假之間夾了一個來回班。

口頭兩次後，86:30。

日	一	二	三	四	五	六
						1 915
2	3 51	4	5 721 →	6	7	8 018-
9 →	10 →	11 →	12	13	14 100	15
16 160	17	18 156	19 761 →	20	21 915	22
23	24 991	25	26 170	27 909	28	29 201
30. 577w.						

人的休假欲望無窮，於是他開始在換班網上頭看過一張又一張的班表，找尋能夠接過他那個來回班的，他人班表上的，那一日的空白格。班表裡空白，意味著沒有班，也意味著可以替別人接班。存在於臉書的這個換班網裡，「班表」就是「臉」。擁有一張美麗而乾淨的班表，意味著過夜班很多，或是休假多而集中而不零散，像是擁有一張乾淨的面龐，五官標緻而誘人。

別人的班表，一張又一張迅速在換班網裡頭出現，他因此在內心一次又一次盤算著這一格與那一格的挪移能否拼湊出一段又一段的連休，或是將一段又一段的零散日子轉化成睡在東京或雪梨或峇里島的夜晚。然後他會看到每個人對於自己班表所抱持的幻想，或是幻滅：只睡一夜的班，想要睡得更多晚；兩天的休假，想要變成四天；東京想要換到雪梨，雪梨想要換到峇里島。國界不具意義。時間不具意義。班表上頭，一個日期對照的一種班型，此時你在飛機上，或在外站旅館裡，這些才算數。

為了要能夠成功換到班，不只日期要能對應，還要能符合休息時間的規範。有的班從落地後一個小時起算，要休息十小時才能上下一個班，有的要十二小時，有的要兩天，也有的要三天。有時候因為休時算起來差了一小時，使得兩人無法成功換班，導致最後「破局」（多麼慘烈而戲劇化的說法），平白浪費了這中間把換班申請送出、等待審核結果的等待時間。

不可抵抗的休時規定導致換班不成，或許只能怪自己沒能算清楚。但也有時候，一方有情而另一方無意，好不容易找到可以互相對換的班，趕緊傳訊息給對方，卻得來一句「對不起，這個班我想要自己飛喔」。有人說過這像是告白失敗。有人的換班哲學是，專情專一，一旦向一個人開口後，不等到對方回覆之前不會尋找其他換班對象。也有人一次撒大網，同時向好幾個人提出換班邀請，看看能否亂槍打鳥。最怕是一旦和許多人口頭約定換班，但是因為其中一個環節沒有計算清楚，導致換班計畫被迫中斷，不但影響自己，也影響他人的班表。但是一切已經來不及。

然後，氣急敗壞的當下，繼續瘋狂滑著臉書上頭的換班網。人生怎麼可以甘於現狀呢，改變現在，從自己開始。所以，即便自己正在和朋友吃飯，也必須把他們擱置在一旁，像是那種為了工作只好犧牲一點與朋友共處的時間的人，唯一不同的是，你正在朋友身邊。所以有經驗的人都知道，班表公布的三天內可謂黃金七十二小時，這時候最好儘量減少與組員朋友接觸，因為他們需要非常非常聚精會神，在心中沙盤操演，這個班先換到那個班，再拿那個班換成另一個班。傳出訊息之後密切注意對方是否已經讀了訊息，如果過了一陣子還等不到對方任何回音，首先得先確定對方是不是還在飛——萬一不是呢？為什麼不看訊息？是不是已經跟別人講好了？是不是該放棄了？這時候的組員正值心思敏感、情緒脆弱之高峰，身旁友人若識相，就必須知道如何拿捏沉默的時機。溫柔的沉默。

他身邊也有看破一切的組員。「現在每個月出班表那天，時間一到，打開班表，確定我下個月還有班可以上，我就把班表網頁關起來了。」

聽說，在那網路尚未普及的年代，大家等著班表出現在自己的小抽屜裡頭。開獎時間一出，便開始當場吆喝，幾號的什麼班有誰要嗎，有誰要嗎。更積極一點的就會把自己的班表，連同換班需求寫起來、影印，分送到大家的抽屜裡頭。於是大家的抽屜裡頭充滿不同組員的班表。像是兜售自己將來一個月的生活。

班表與生活，頓時出現了沒有火花，卻暗潮洶湧的拉鋸。因為班表形塑了未來一個月的生活，而生活，又能夠決定班表的發展方向，不論是否天從人願。擁有家庭的媽媽希望能夠休到週末，多陪小孩，但也偶爾，就那麼幾天也好，時光倒轉到她們年輕時無拘無束的日子，人飛到國外，世界就在自己掌心裡打轉。不想待在家的人，則是用盡全力離開這塊土地，在生活裡注入無限的移動也好，喜歡睡在旅館，或是喜歡與每次來來往往都不認識的同事們打交道，有時候甚至連很晚落地且很早離開的過夜班，也來者不拒。

有時候的確是，越多過夜，班表看起來飽滿豐腴，但是心裡是否總有幾許孤寂淒涼呢？

這時候才開始想，理想的班表與理想的生活，該不會是彼此互斥的兩造吧？為了理想的班表犧牲理想的生活；想過理想的生活，就得放棄換到理想班表的機會。然而，像這樣每個月來臨的班表，每個月面臨的換班焦慮，是否才真的是逃避生活的藉口呢？透過焦慮來躲避另一種，更加真實而無法解決的焦慮。所以一直換一直換，換到一個班，就覺得人生往前進了一點。卻絲毫沒有察覺生活可能早被困在班表裡頭。

班表只是一格又一格的地點，而生活是綿延不斷的時間。一次又一次的班機起降，乘客只是背景，但是在生活裡頭大家都只是時間的乘客。班表只是飛機起降，而生活是溫度，是浪潮。別忘了，他偶爾會這樣提醒自己，你是有體溫的動物，你需要更真實的日子。

然而，每當月底班表一現身，他又再一次，忘記自己的臉。

待命

待命室是一個充滿流動的靜止空間。待命的組員有時候甚至來不及踏進待命室，就被抓走。待命室裡頭有一台電視，一個書報架，幾張沙發，足夠量的插座，還有一台他一直很想要偷偷試用的擦鞋機。待命室的牆上掛著一個時鐘以及一張大白板，上頭用磁鐵吸著幾張便當店和飲料店的傳單。在白板下面有一小排書籍，一些旅遊書以及生活刊物。讓他好奇的是，那些旅遊書的主題沒有一本是公司的航點，或許有夢最美，飛不到的地方最好玩。

待命室裡頭最重要的，是那只電話。那只電話的威力強大到，可以讓時間暫停。當電話鈴響，時間凍結，所有人屏息傾聽接起電話的大哥或大姐與電話那頭派遣人員的對話——

電話掛掉之後，通常待命室就會少一個人。

■

空服員的待命各種時間都有，有的時候一個待命時段包含了各種不同的來回或是過夜班，也有的時候單純為了某個特定的班而待命。他就遇過三次凌晨兩點多報到、前後為時十五分鐘的待命。起初還會為了這個待命好好地梳理頭髮、戴上隱形眼鏡。當他風塵僕僕拉著箱子走進報到區，用電腦確認這班的組員都已經全部報到後，唯一能做的，也只是目送大夥離開公司。同時段的兩次待命接連未果後，他賭氣決定第三次要戴著眼鏡去待命。所幸，那次待命沒有被「抓」。

「抓」飛的概念來自待命本身的不確定性。若有組員氣急敗壞地說「被抓」什麼地方，意思就是待命期間中了獎，必須即刻支援某個突然缺人手的航班。但是也並非大家總是討厭被抓，這大概是待命讓人感受矛盾的地方：大家都不喜歡生活裡頭太多無法預期的因素，但是待命常常又有一些可能從天而降的禮物，一如，平常排都排不到的日本過夜班這時候可能突然缺員。通常待命之前大家都會對照時刻表預估那段待命時間會有怎樣的班，有餘力的話再順便看看那些班裡頭的組員有哪些人。很多時候雖然班很好，但是經理是人人聞之喪膽的角色時，待命人員也得有一些心理準備，可能會被抓去那班「跟鬼飛」（總有人喜歡這麼說）。

但是很多人討厭待命，一如討厭生活註定要面對失敗的那種不堪，因為可能你已經大費周章準備了四季的衣物以及千百種貨幣，最後落得一個快去快回的香港；當然也可能你什麼都沒準備，卻突然間要飛去印度或羅馬好幾天——期待落空你會失望，超乎預期你又焦慮，待命不論沒事或被抓走，好像都有那麼一點不對勁。莫怪乎有人每個月班表公布後的首要任務就是：把待命換掉。

■

時間剛好的時候，他喜歡帶著便當早點到公司去。當各個航班都不缺組員，待命室便格外熱鬧。有的人信誓旦旦說，派遣不可能抓走她，因為她已經連續上了幾天班了，再抓的話休息時數會不夠。有的人則是猶豫著到底該不該跟朋友約晚一點一起吃飯。有的人靜靜看著 iPad。有的人和一起待命的同事七嘴八舌研究要訂什麼便當——「姐，我最近在減肥，但是來待命沒事好像就該大吃大喝。」有的人已經在焦慮隔天要跟哪個很討厭的經理一起飛。若恰巧適逢換班時節，很多人見面的開場白便是：「姐，交換班表看看嗎？」

或是突然間聊起公司近日的八卦（「你有聽說昨天有個小哥在飛機上跟姐吵

架嗎？」）。消息總是以極快的速度在天空蔓延，然後天空中的消息經過待命室這樣的資訊中樞，又散布開來。

待命室的落地窗戶被白色掛簾擋住對外的視線，但是最底下的部分仍然能看到外面。所以他可以看到報到的組員們集合、然後一同拖著箱子離開。但畫面幾乎僅限於小腿以下。上一組待命的人和下一組待命的人有時候會有重疊的時間，所以下一組的組員常會緊張兮兮，一進門就問道，剛剛抓很多人走嗎，哪個可怕的班是不是沒有缺人了。

好像也不需要思考這些組員們到底先前有沒有共事過，或是，是否彼此認識。彼此的熟絡也是一種流動的熟絡，他一直都挺喜歡這種熟絡的方式。雖然一走出待命室，自己仍然是自己一個，但很快地，又會加入另一組團隊裡頭。而待命室就是這樣靜靜坐落在那裡的空間。

交換

幾乎所有的當天來回班，從上飛機開始，直到飛機飛回台灣，組員都不會跨出飛機一步。但是有一種香港來回班，組員必須要「交換機」。交換機的意思是，台北組員的飛機飛到香港之後，由高雄組員飛回高雄，而從高雄飛到香港的飛機，則由台北組員飛回台北。所謂台北組員和高雄組員，意思是以台北（桃園）為基地的組員，以及以高雄為基地的組員。之所以需要交換機，是因為飛機必須要定期針對特定項目進行檢修，而高雄沒有大型保養場地，因此必須把飛機飛上台北來保養。

因此，明明是個來回班，空服員卻必須完完整整地重複兩次工作內容：從台北或高雄出發的組員拖著行李上飛機後，把個人用品收好，然後一一檢查負責區域的緊急裝備，整理廚房，迎接客人，送客人下飛機。到達香港後，把個人用品整理好，拖著行李箱離開原本的飛機，在航廈裡快步前進，通過安檢，馬不停蹄走到登機門、進入第二架飛機，一一檢查負責區域的緊急裝備，整理廚房，迎接客人，送客人下飛機。然後才又整理個人物品，拖著行李箱，下班。

香港來回的飛時很短，但是除了餐點只有一種選擇之外，免稅品一樣得賣。並非趟趟香港班的免稅品都暢銷，但是一旦賣起來也有一發不可收拾之勢。飛香港就像是喝一杯濃縮咖啡，有時候喝完身體不會有反應，好像根本沒有喝過東西；有時候卻會突然嚴重心悸，過了幾個小時之後才平復。

由於高雄和台北出發的裝載方式不同，換飛機後大家常常會忽然一陣手忙腳亂。平常放在某個櫃子裡的撲克牌不知道去哪了；原本放咖啡壺的櫃子變成滿滿的紙杯；找不到廁所補品。於是大家像是第一次上飛機那樣，裡外翻找，櫃子開了又關，急急忙忙地，心裡難免叨念，飛香港已經夠忙了怎麼還要在這裡找東找西。像是被惡作劇，《艾蜜莉的異想世界》那樣，客艙遍布許多細小的惡作劇，像是腳踝細小的脫皮惹得連走路都無法順心。

曾有一次香港交換機，和他共事的姐從容不迫地在客艙裡找到所有東西，好像那些東西未曾換過位置一樣。他也只好故作鎮定地繼續幫忙客艙準備作業，雖然內心其實慌亂無比。

姐行雲流水般完成所有工作後，打開通常拿來熱麵包的烤箱，裡頭躺著上一段航程的組員餐。她跟大家說，通常去程的高雄組員都會在這裡留好餐點，因為大家交換機一定都忙得沒時間吃飯。放在這邊，餐點就不會被餐勤收走，有空閒的話可以趁登機之前吃點東西墊墊胃。頓時間那個烤箱變得像是藏好寶物的樹洞那般。

她一一拿出餐點，招呼大家到廚房趕緊用餐。他希望這時交換機的高雄組員們也有空能好好吃一些東西。交換機有時像是交換禮物——或是交換一點點惡作劇，或是交換一點點照應，交換一些無聲的噓寒問暖。

雖然其實一切也沒那麼不同，但是走在客艙裡頭，想到這架飛機是從高雄出發來到香港的時候，感覺又有一點那麼不一樣，他說不上來。倒也還來不及仔細感受這種不一樣的感覺，經理就廣播告訴大家：「整理一下服儀，我們準備登機。」

在交換機裡頭迎接客人有時候連習以為常的話語都變得新鮮，雖然感覺其實更像是一天內上了兩次班，或是時間突然惡作劇地往回倒退一點點。但是見到客人踏進客艙的當下，他依然反射性地說著，「您好，歡迎登機。」至少飛完這短短的航程就能下班回家了。

文明禮節

文明是欲望的束衣。而束衣，是笑而不答的欲望。文明是冷氣房裡頭的夏天。夏天之外那些被拋棄好久的大海，在文明的眼裡是粗鄙、未開化、無禮。一切只要優雅，好像就可以橫行無阻。

有多久沒有飛到這樣子典型的大陸班了呢，台北武漢來回。他和同事每個人在登機之後通通躲到廚房裡喘氣。明明這一區頂多只能容納一百多位旅客，但是當客人們提著所有行李和紀念品湧進客艙時，他無法相信這些旅客的人數只有一、兩百。像是一批即將攻陷城池，挾帶凱旋氣勢而走進客艙的，是好久不見的陸客們。一位大叔拿著登機證高聲嚷著，「這37J是在哪裡，在哪裡啊我怎麼都找不著吶？」（他其實喜歡很多陸客會把英文字母念成中文的四聲，比如「A」念作「欸」。）他帶著大叔到位置上，見大叔依然滿臉狐疑，他只好用盡全身的感情，帶點哀戚地說，「大叔您就相信我唄，我不會騙你的。」

當然還有旅客們彼此換不完的位置；總是突出行李櫃之外的、密度超過鉛塊的行李箱；或是，當他使勁穿過人潮走到毛毯所在的置物櫃，也管不著什麼優不優雅，把毯子通通挖出來，然後把毯子在胸前疊得像山一樣高。這時候他只要沿著走道緩緩前行，自然就會有許多隻手像是抽疊疊樂那樣把毯子一張張拉走。一不小心，地上撒翻了一片毛毯。但是他們會跟你說，「沒事，沒事兒。」到底沒事的是誰呢。但當他們說著「小伙子，謝謝」的時候，總覺得怒氣又被澆熄。

是啊，他在陸客們口中居然還是個青年小伙子，不知道是不是血氣方剛、可以擁有很多在綿延時間裡頭不過塵埃般大小的煩惱的那種——他們會無心地說，沒事兒，沒事兒。他從這些比他年長許多的大媽們、大叔們的「沒事兒」裡頭，聽到時光可能可以給予的，一些太過於直接的療癒。當然，他們可能依舊隨手把垃圾丟到乾淨的餐車上，或是身上瀰漫一些，你無法太過於直接吸進去的氣味。有的人說那是沒洗澡的體味。原來如此。

有好一陣子到台灣觀光的陸客們突然變少，大陸班從班表常客變成零星造訪。但最近他們好像又慢慢回來了。當然，同事們說，啊，好久不見，但是偶一為之就好。台北往武漢的飛行時間不過兩個小時又十五分鐘，但確確實實是一場硬仗。而且回程依然全滿，依然是一場體力與耐力的考驗。

大家儼然熟悉該如何調整自己，好面對回程的陸客們。而回程旅客裡頭大概有一半是要回台灣的團客。當旅客登機差不多全滿後，他回廚房翻找一位台灣旅客要求的眼罩。看到另一位同事拿著兩張小紙條。他以為是客人要買免稅品的商品料號，準備接手過來時，看到上頭印著：

您好。請您幫我準備這些東西：
拖鞋兩雙
眼罩兩副
原子筆兩枝
撲克牌兩副
明信片兩張
並且送到＿＿＿＿
謝謝您。

其中一張的底線處手寫填著「36D」，另一張填著「36E」。

他感到一股不寒而慄。想到那一張小小的紙條打印著這一段文字，列印在A4紙上的話可以印出大概二、三十份寫著一樣內容的小紙條。然後手寫的文字上頭每一次填上不同的位置，得到那些東西。（而飛機上從來沒有提供過明信片。）然後紙條上頭，向您道了謝。

多麼有禮呢。好像是，只要道了謝，就該得到要求的東西。

同事淡淡地說，她才不會全部都照清單準備呢，「雖然紙條上的單位詞用得還算正確，國小老師教得滿好的。」她正在向文明的粗暴抵抗著。

最後一位旅客踏進客艙，通常經理這時候就會廣播：「本班機即將關閉艙門，地勤請離機。」

聽聞這段廣播的空服員們這時就會拴上更緊的發條，這兒那兒請客人趕緊就定位，繫好安全帶，準備執行安全程序。

不久後便是關閉艙門，飛機後推，滑行，到達跑道頭。加速。起飛。

飛行線・1

打從與瓜達希合作／合著之前的德勒茲便總是在「合作」，這也就是為什麼閱讀德勒茲如此困難——因為他某種程度上也是在「合著」：與尼采合著、與萊布尼茲（Leibniz）合著、與伯格森（Henri Bergson）合著。一開始接觸德勒茲的人，包含我在內，都不知道「一開始」究竟發生了什麼事。或許最重要的便是這種「無法明確指出初始何在」的狀態。雖然萬事總要有個起頭，但是面對德勒茲，再怎樣都必須以參與的姿態介入。不論是「參與」或是「介入」都不足以確切形容這種閱讀德勒茲的狀態。因為德勒茲的寫作並非預設了一個「作者」的立場，也不是站在一種「讀者」的角度。有人說他「改寫」了那些哲學家的思想；也有人說他把那些哲學家的思想「變成自己的」。但是德勒茲更像是從某個深不可測的一點，將某位哲學家的思想由那一點輕輕一拉（又像是輕輕一吻），然後整片的、由德勒茲發動的哲學思想從原本不可見的那一點，向外翻騰，成為一大片海洋。

對德勒茲而言，哲學概念的創造，就是他畢生作為一個哲學家的使命。也因為使命在於創造，因此這個使命也不是一個固定在遠方、等待他終有一日到達的終點。但是哲學從來不是無中生有。哲學具備的，必定是一個值得讓哲學家不斷思索的命題。這種思索——始於思考、透過摸索，對德勒茲而言，便是始於尼采、伯格森、萊布尼茲……德勒茲從那些經典哲學家出發，看似解讀（一如尼采的「權力意志」或是伯格森的「生命衝動」），實則透過這些既有的概念，穿針引線，交雜揉合成德勒茲不斷以不同詞彙（一如「差異」、「解畛域化」、或是更加讓人難以捉摸的「生成」）包覆的世界觀。而這一趟思索的旅途啟程不久，德勒茲遇到了瓜達希。

與德勒茲合作之前的瓜達希也總是熱情激進，他格外著迷於拉康（Lacan）的思想。「著迷於拉康」這件事情說來大概會讓許多外文系所的學生不寒而慄。猶記當時一開始接觸拉康的文本，教授還得先提醒所有學生，讀不懂也沒關係，因為拉康的理論充滿許多符號和公式，而符號本身也未必能透過拉康的文字給予精準定義，絕對不是畢氏定理那種，a與b代表三角形的短邊而c等於三角形的斜邊。公式也不總是指向一個明確的結果，而是指向更龐雜的體系。在課堂裡頭讀到拉康的理論是他的講稿，篇幅不大但是文字密度驚人地高。或許因為自己不諳法文，無法閱讀原典而必須仰賴英文翻譯，而英文和法文之間那道不可譯的隔閡造成閱讀的難度增加，使得每每閱讀拉康，腦子必定鼓脹而無法吸收資訊。身邊同學淡淡的一句「最近剛好讀了一些拉康」總會掀起我內心翻騰不已的崇拜。當然，我也難免猜測，閱讀拉康的理論，對很多同學而言，大概也是對於智識的一種展現吧。我想像著迷於拉康理論的瓜達希、在難解的公式符號和語言之間穿梭的瓜達希，像是急於分享新奇玩具的孩童那樣，逢人便提及他對拉康理論的讚賞以及見解，那股可比擬推銷員的固執和宗教信徒般的狂熱，大概周圍的人無不被那股熱情感染，莫怪乎瓜達希友人總帶點玩笑性質直接稱他「拉康」。

瓜達希的生活始終不脫離La Borde精神病院。日復一日定時為病人看診諮詢、同時一邊鑽研精神分析理論，在臨床及理論的優秀表現很快就得到拉康的賞識。然而，當德勒茲和瓜達希的第一本合著《反伊底帕斯》問世後，裡頭所提的「精神分裂分析」近乎與拉康之流的精神分析水火不容，拉康顯然感受到瓜達希的「叛逆」對於他在精神分析學界地位的威脅。曾有一回，瓜達希向拉康提及羅蘭巴特有意在他的期刊刊登瓜達希的文章，拉康一聽，反問「你何不把文章發表在我的期刊裡呢？」能夠獲得拉康邀稿，對瓜達希而言當然是一種莫大的鼓舞。為此，瓜達希請巴特撤回文稿，同時等著拉康將文章收進期刊裡頭。

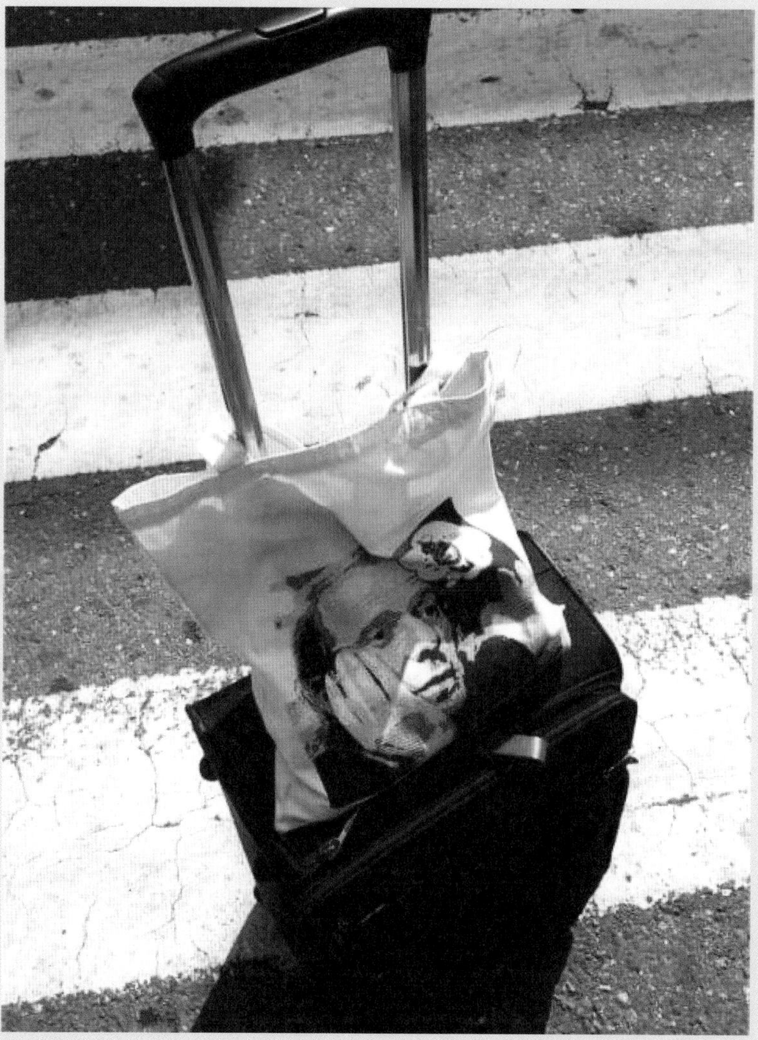

而魔幻時刻是否就是飛行本身呢？飛行，一個介於天際（但是，天際在哪裡？）和地表之間的移動。

但是瓜達希的文章從來沒有被刊登過。是如何巨大的反叛能量得以讓拉康如此恐懼，恐懼到拉康使出如此手段辜負了瓜達希對他的崇仰呢？《反伊底帕斯》作為瓜達希與拉康的分道揚鑣之作，可以說是由瓜達希觸發了與德勒茲的連結，再由這個連結向外展延而得到的結果。在他們爾後的語彙裡頭常見的「多重性」（Multiplicity）或是「分子」（Molecular，相對於「莫耳」Molar）其實最起先都是由瓜達希發展而成的概念。德勒茲在與瓜達希碰面之前就已經對這些概念感到十分有興趣，因此兩人會面後，在德勒茲聽瓜達希談論這些概念的當下，便決定合作。若仔細思考這些概念的創造，以及瓜達希在La Borde所進行的「工作實驗」看來，他的概念和行為之間互有共通——那就是，企圖去除某種由上而下的中心結構，並建立向外延伸發散的關係連結。

這種「工作實驗」，大抵摧毀了一般行政機構賴以維持內部秩序的「上級－下屬」關係，並以「輪轉」的工作模式取代之。當然這不代表所有人完全拋棄自己的專業，而是由醫院所有人輪流負責分擔在精神病院裡頭的其他瑣事工作。也因此，某個特定期間，一如廁所的整潔維護，也會由瓜達希負責。這種被稱之為「The Rotunda」的工作分配，要能成功運作，不但既有成員數量不能太多，也要所有人願意配合。這種「去中心」的工作模式將每個人配置到不同的工作崗位，也將所有成員與這個名為「La Borde」的精神病院進行不同的連結試驗，不但是空間上的（每個人到不同單位地點工作）也是時間上的（到各個單位工作的時間定期更換一次）排列組合，企圖讓精神病院裡頭的工作生活產生更多種可能性。

我能不能說，在兩人碰面之前，瓜達希專司行為，而德勒茲專司思想呢？當思想遇見行為，兩人自然而然透過書寫連結彼此。但是這種書寫是怎樣的書寫呢？對我而言，德勒茲好近，瓜達希好遠。但是兩者我都無法企及，這是我覺得理所當然卻又不願正視的事。

■

我好幾次問過他，「所以你想要飛多久？」

他說，他曾經聽過一個姐這樣說：為什麼大家都不會去問前艙想要飛多久，而總是問空服員想要飛多久？

「所以，你覺得姐的回答完全表達了你的想法嗎？」我問。他說，他才不管前艙的事。

我說，你知道台灣的民用航空法裡頭列舉的「航空人員」，沒有空服員嗎？

「那又如何？我們一樣在飛機上啊。你少又在那邊唬我。不跟你聊了，大巴到公司了。」但是我沒有騙他。

通常這時候，他們就會匆匆忙忙走進簡報室。他覺得簡報是每一趟飛行最討厭的環節。有的經理會照著公司每月寄出的簡報內容唸過一次便作罷，但也有經理會就特定緊急逃生程序提問。身為公司資淺員工，每當經理提問，第一個被問的人總是他。為此他總感到憤憤不平：「明明資深的離受訓已經那麼久，最應該要被問問題的人是他們，而不是我們這些可憐的資淺空服員吧？」他說，還沒飛就被簡報搞得心力交瘁，這樣哪來的耐心可以服務客人呢。也有過幾次他一直嚷著要請假，說是經理「最喜歡電資淺」，每次簡報一定會用最刁鑽的問題搞得大家體無完膚。

什麼叫作刁鑽？我問。

他說，那個經理總愛問一些手冊上沒有寫的問題。比如說，A330三號門水上逃生的時候應該要派幾個人協助？

在我聽來，這個問題並不奇怪。

他不服氣地說，通常就是直接把緊急逃生口令背出來就很了不起了，誰還要去算有幾個人要幫忙協助逃生啊。

「如果背一背口令就可以解決的話，緊急狀況還叫緊急狀況嗎？」

「不然你還要我怎樣？」

「我又不是空服員，我怎麼知道？」

然後他又開始搬出那一套，好想要離職的言辭。「我現在連過夜班也不想飛，每天只想回家陪貓。」

我有時候會覺得，飛出去的人不是飛出去的人。飛出去的人，比如像他，飛得越遠，就越無法離開。於是，真正在地理位置上停留不動的人，比如像我，才是真正飛得出去的人——我具備飛出去的潛能，而他沒有。所有事情都是在即將完成的那一刻最純粹，而事情在還沒發生的時候都有資格被稱為即將發生。所以，當他一踏上飛機，飛行的潛能之於他就成為一個既定將會發生的事實。但是就在飛機起飛離地的瞬間，他就成為固定不動、沒有飛的人了：一個固定在客艙裡頭的人。他與飛行甚至自此完全無涉——他不是湊成飛行之所以得以飛行的要件。而飛行又是一件如此弔詭的事情，因為大家所理解的飛行，向來是一種相對的說法：飛行，必須相對於地面而言，一如在地面的我相較於在空中的他。所以飛行的狀態無法單獨成立。既然無法單獨成立，那就無法純粹存在。有沒有一種飛行是純粹而不必與地面互相比較的？或許有。或許那是飛行員才辦得到的事。因為飛行員在飛機於地面加速到達一定速度之後就非起飛不可。那種無論如何都必須要起飛的當下，飛機離地的瞬間，就是飛行員必須「投身而效忠」於起飛的當下、飛行頓時間成為純粹的「飛」的當下。但這是飛行員和飛機之間的事。

空服員呢？我問過他，究竟喜不喜歡飛行。他說：「就是一份工作，沒有喜不喜歡的。」

但是為什麼人會渴望飛行？最初人是為了離開地球表面，能夠離得越遠越好。那是一個，比起快速移動，人們更想要抵抗重力的年代；一個往上比往前更加迷人的年代。但是頓時間，因為快速移動帶來的利益太過誘人，飛行一旦達成之後，飛行這件事情就變得隱形了。所以我才一直對「因為喜歡旅行，所以喜歡飛行」這類的說法感到不對勁。因為飛行只是一個被提及的，在語言裡頭像是過客，抑或說來徒增說話者神祕感的一種標籤；飛行在大家的語言裡頭，其實只是「速度非常非常快，快到你看不到我的移動」的代稱而已——那是一種恣意不在場的渴望，不是飛行的渴望。

我說，所以做這份工作不是因為喜歡飛行？

過了許久，他才回覆：「我先去忙，有人要跟我換班。你快去寫你的論文吧。」再下一次接到他的訊息，又是他在大巴上前往公司的時候——「唉，真不想飛。」

■

客艙無疑是個經過嚴密計算的空間，其不僅是個移動空間，也是一個生活空間。但是這種空間唯有在天空中才存在。意即，客艙之所以為客艙，在於其與飛行的絕對依存關係：飛機起飛之後，降落之前，飛機對於乘客而言，正式成為名喚「客艙」的場域，外於起飛和落地機場之空間，也外於起飛和落地機場的時間。「客艙」沒有過去也不會有未來，因為每一趟飛行的客艙都會重新整理過一次。而乘客一方面享受飛機的高速移動，另一方面也受到一定的行動限制。對於乘客，以及穿梭其中的空服員而言，在客艙發生的所有大小事都可以是平凡生活的一部分：飲食、睡眠、娛樂，以及待在客艙裡頭就已經成立的「行動」。但是這種生活又被井然有序地安排著。在客艙裡頭的乘客們，可以吃可以喝，但是並非暢飲暢食；累了可以睡覺，基本生理需求也有機內廁所可以解決，但可能無法平躺也無法永遠霸占一間廁所。

當然空間也非所有客艙都一種模樣。艙等的出現自然而然形成典型的階級結構，但即便同一客艙裡頭配置有商務艙、（豪華經濟艙）和經濟艙，所有艙等的基本原則都不會違背「生活」本身，僅是生活品質不同爾爾。而空服員的工作，一方面必須維持所有人正常的生活狀態，另一方面又必須守護客艙既存的階級結構，實為客艙維持正常運作的守門員。

所謂「維持客艙的正常運作」，可以從空服員的工作內容一探究竟。一組空服員，在客艙經理的領導、視情況增配事務長為輔助（但是特定機型並不配置客艙經理，而由事務長執掌客艙經理之工作）之下，原則上先依資歷區分成負責高艙等與低艙等之空服員。一上飛機，除去必要之機內裝備安全檢查外，空服員之首要任務便是「整理客艙」。俗諺說「民以食為天」，此時在更詳細的工作分配上便能窺得：原則上，同一艙等內負責掌管廚房大小事的組員均為資深組員，再依照機型大小不同，由相對資淺組員負責售賣免稅品。

甫踏進機內的空服員時常已經可以看到地勤人員在整理機內的環境，而餐勤必須在有限時間內在本站（以及出發之場站，一如台灣的國際航空公司之本站即為桃園機場）將裝有服務所需之各種器具之「鐵箱」放進所屬的櫃子裡，又得將航程餐點確實放置到機內烤箱，其忙碌程度可見一斑。

負責廚房的資深組員必須在此時和餐勤確認機內的餐點數量與餐勤手上表格記載的數字一致，同時也要抽樣餐點新鮮度。對於廚房組員而言幾乎定義其職業操守之「特別餐」數量更為必須詳細清點的項目。此時其他的組員則必須輔助廚房組員之整理工作：依照不同機型，不同生活用品均有其指定所在之位置，因此所謂「整理」，便是將原本散落在各個鐵箱裡頭舉凡壺具、餐籃、餐夾、各式茶包、糖包、奶球等等，先擺放到既定的櫃子裡，以便飛機起飛之後加速服務流程之進行。

所有事物之井然有序，成全客艙的生活模樣，乃為建造一種衣食無虞的烏托邦景象。

學者庫馬（Krishan Kumar）針對烏托邦之概念將「烏托邦主義」以湯瑪斯．摩爾（Thomas More）的經典之作《烏托邦》作為分水嶺，在摩爾之前的烏托邦分成柏拉圖《理想國》以及基督教傳統裡彌賽亞降生時刻：前者將烏托邦以地理的「某處」為基底，而後者則是預期烏托邦將於「某時」誕生。摩爾的《烏托邦》則自始確立了烏托邦文學的傳統，一如在某時某地的一個封閉空間裡頭存在著完整運行秩序的和平世界，每個成員各司其職，人人衣食無虞，但卻像是人人不會有多餘的欲望或窺探、好奇心。

而飛機的起飛，成全了烏托邦空間和時間的「某處某時」化。在名曰為「客艙」的空間裡頭透過空服員完整的工作和權力分配，讓所有客艙成員——意即，乘客——的生活各種面向加以簡約成為既定的服務流程：起飛後的發放毛毯、送餐、餐點後隨附的咖啡與熱茶、收拾餐點、免稅品售賣、調暗客艙燈光直到第二頓餐點（假設為長途飛行）、第二頓餐點收拾後，準備降落。由於有既定流程填補整段巡航期間，身著制服、穿梭在客艙的空服員在客艙裡頭必須「被看見」，同時也必須要「被看不見」。「被看見」意義在於空服員之服務性質，自然必須有服務人員必須有的模樣（而制服，就是代表）；然而「被看不見」則基於烏托邦之運作結構而言，空服員必須熟稔服務流程才能使得客艙裡頭生活的模樣得以順利展演。

客艙空間隨著空服員的來去，可以是餐廳，可以是電影院，可以是房間，也甚至可以是診所或醫院，而這些空間以去形式、去固定架構，透過空服員與乘客的互動方式進行原為純粹機械載具內部空間的解畛域化，必須以「關係」（乘客－空服員－客艙）為前提。當客艙成為了一種各形式再畛域化為特殊功能的空間（一如供客人飲食的餐廳、供客人睡眠的房間）之前的「前空間」，空服員的身體此時亦為「被看不見」的身體，進而打開了「空服員身體」作為與客艙產生強度連結的場域。

然而這種強度連結並不僅限於客艙空間與空服員身體之間。由於長程航空飛行本身帶有擾動時間的特性，在這種時間擾動之下，空服員亦與時間產生幾種模式的連結。

■

他說他最受不了大小眼的同事。有的人自以為資深了，見到組員首先會把大家分成比他資深和比他資淺的：對資深畢恭畢敬，對資淺頤指氣使。「我不懂，明明大家都是同事，下次遇到也不知道是什麼時候，就不能開心工作嗎？」我說，這是叢林法則，有的人天生必須如此，才能在職場生存。「但是這樣太累了，工作已經很累了還要管資深資淺不是加重工作負擔嗎？」

我說，你是空少啊，那麼難得一見，當然大家多少都會對你多一點愛護。不是所有人在這份工作裡頭就與生俱來這層保護膜的。

他試圖辯解，「我每一次工作都很認真，當然大家對我都沒意見啊。」

「也有很多人工作很認真，大家卻總是對她有意見的啊。」我知道他落地之

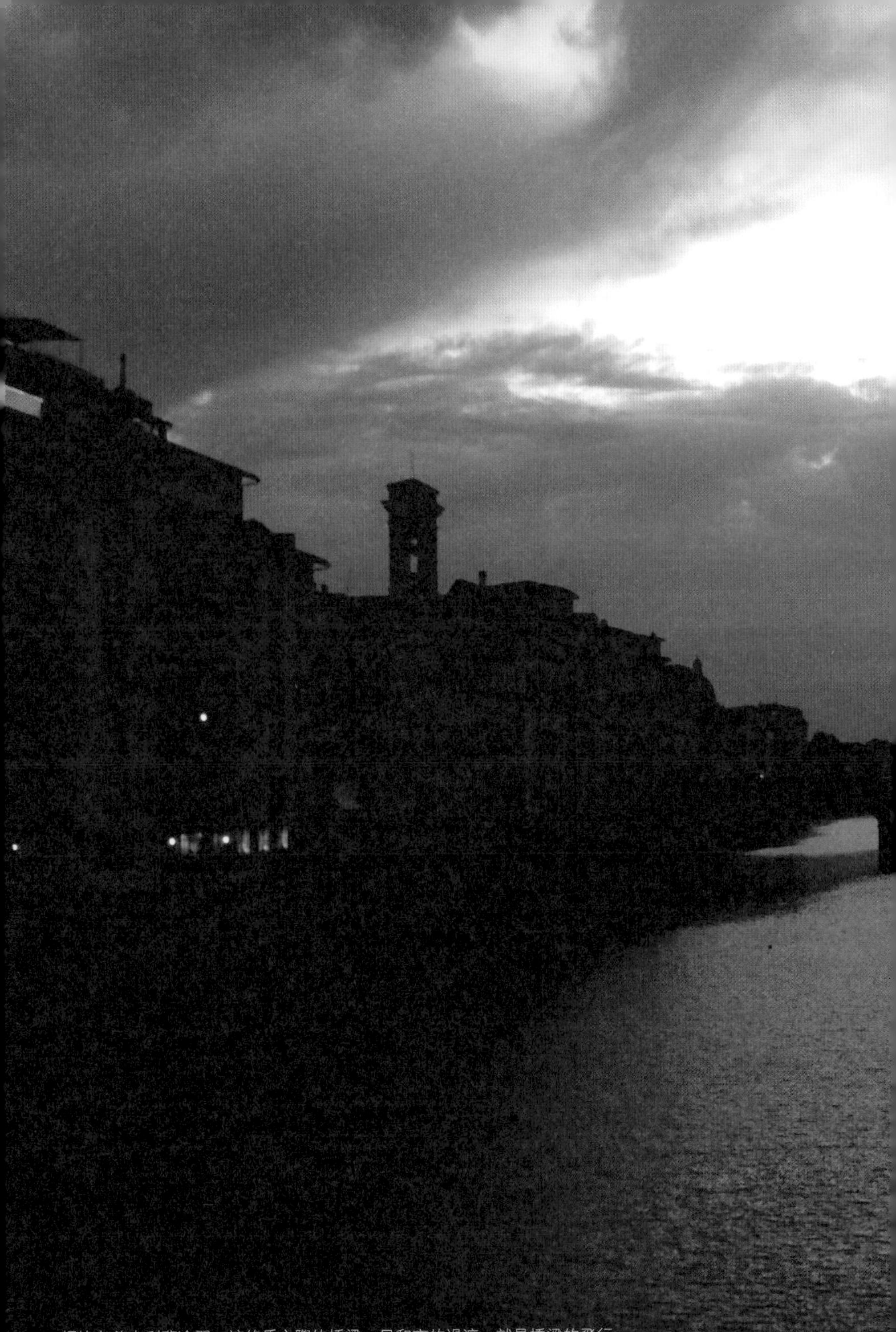

好比在義大利翡冷翠，這晨昏之際的橋梁。日和夜的過渡，就是橋梁的飛行。

後才看到這句話，因為通訊軟體在這段文字角落的空心圓圈直到一個半小時後才成為藍色實心圓圈、圓圈裡頭一個白色的勾：這代表訊息送到了，但是他還沒看到。

■

瓜達希數度在日記裡頭寫到，快被德勒茲的督促給惹瘋了。德勒茲要瓜達希恪守定時寫作的紀律：時間一到就得伏首案旁振筆疾書。瓜達希手上參考的，是兩人前次會面所擬出的概念大要，然後兩人魚雁往返，直到書信改成篇章，篇章終成書籍。但是，兩人的合作（這種「德勒茲－瓜達希」連結）在作品生成後，瓜達希總認為自己沒能走出德勒茲的影響。

他在筆記裡寫道：「我在《反伊底帕斯》裡頭認不出我自己。我必須停止追逐吉爾的形象，停止追逐那些精雕細琢的文字，停止追逐他賦予這本不可能之書的完美……」

瓜達希以行動激發德勒茲，但是為什麼，德勒茲卻像是以文字束縛了瓜達希呢？

他寄信。他回信。他們寄信。他們回信。他們的遊戲是，讓信永遠都寄不到，於是信件就能不斷往返。德勒茲寫著瓜達希，瓜達希寫著德勒茲，再畛域化為《反伊底帕斯》。

空少．天空

家

有時候，當他在航程途中因事必須到商務艙一趟，拉開隔簾走進商務艙的瞬間，眼前景色讓他恍如置身另一架飛機裡。那裡很安靜，客人像是被很平順安穩的氣流給包覆著，每個人都與世無爭。連空氣好像都不一樣：濕度比較高一點，比較溫暖，比較不刺鼻，比較香，比較恬適，比較和平，比較像是中產階級住宅區裡頭擁有溫馨表象的家庭。那裡客人的用餐方式聽起來很優雅，因為有刀與叉與匙的舞動、餐具與瓷盤瓷杯輕聲碰觸，像是經過縝密計劃那樣，何時該安靜、何時該敲響一點聲音，這些，精準的優雅。每當他捧著經濟艙組員的餐點離開商務艙廚房，總得快步卻又戰戰兢兢通過商務艙，深怕自己的存在成為商務艙突兀的外來者，又怕自己不幸遇到突來的壞氣流，一晃，滿滿的熱餐就崩落到客人身上。因為那裡是如此乾淨而美好的地方，不宜他隨意逗留。

——即使像是台北－沖繩這樣迅速短暫的航班，也是如此——

簾子一拉開，世界就變了。他這才回到自己熟悉的地方，擁擠了點，吵鬧了點，有時候味道難聞了些，可能伴著一點點嘔吐味或是乾燥冷冽如刀片般的冷氣味，客人放聲聊天的喧鬧，服務鈴此起彼落咚咚響（當然可能是某個兒童好奇，或是誤以為服務鈴是閱讀燈的客人，心裡可能納悶為何按了那麼多次燈還不會亮）。捧著組員餐的時候，他不時還得側身讓來來往往的客人通過，也常會有客人似乎看不見他正捧著東西，硬是遞給他用過的紙杯或裝滿衛生紙的嘔吐袋。但是當他在經濟艙行走時，步伐總敢踏得大一些，就算真的會不小心撞到客人、就算真的不幸遇到壞氣流，他也有把握，捧著的這些熱餐絕對不會翻灑。就他的資歷而言，經濟艙就是他在飛機上的家。

——對於像是台北－沖繩這樣短若夢境的航班，也是如此——

「家」在組員的工作場合裡是個很有趣的字，會因說話者身分不同而指涉不同的空間。倘若商務艙組員與經濟艙組員的對話裡出現「家」這個字，對兩人而言，各自的家指的就是各自的艙等；倘若經濟艙組員彼此對話中出現「家」，指的便是各自工作所屬的廚房。組員口中不時出現的「哥，回家拿麵包時順便幫我帶兩罐可樂來」，或是終於送完餐點後一句「走吧，我們回家」，指的都是廚房。當經濟艙組員事情都做完後，負責廚房的組員就會到商務艙廚房去，領取經濟艙組員的餐點。「你們家多少人？」商務艙組員會這樣問。

你家，我家。你們那邊，我們這邊。商務艙，經濟艙。

但是大家都會彼此互稱「哥」與「姐」，因為整組客艙組員，大家就像一家人一樣。像一家人一樣，代表彼此從來都不是一家人，但他常常會忘了這件事情。錯覺若是沒能讓人察覺，錯覺所帶來的快樂，就不會是假的。沉浸在這樣的錯覺裡，讓工作氣氛，大部分的時候，都是開心的。特別是在一些非常短的航班裡，像是香港、上海、溫州這類，打從飛機起飛、拉平後，一股莫可言說的凝聚力因為時間壓力而迅速凝結，組員從離開安全帶那一刻起，每個人都是腎上腺素的化身，行動之敏捷，送餐之迅速，話語之急促，非同小可。

沖繩班，也是一樣。

■

這趟用波音747-400飛、去程商務艙和經濟艙客滿的沖繩班，空服員們各個都是速度。經由腎上腺素作用反應而成的純粹速度。相較於其他短程航線，沖繩班的特色在於，兒童特別多，因此連帶著預訂兒童餐的客人也多。除了兒童餐外，還有一如往常出現在各個航班裡頭的素食、無牛肉等特別餐。有時候特別餐數量動輒三、四十份，空服員們都得在短到可能只有不到一個小時的時間內，準確把餐點送到，還得完成其他服務流程，舉凡送咖啡熱茶和售賣免稅品等等，一項都不會少。常常在收餐階段，機長就已經開始下降廣播。旅客還在用餐，更遑論兒童們可能才吃沒有幾口，空服員們就已經虎視眈眈想要把所有客人桌上的餐盤收光。在這樣的航班裡頭，負責廚房的組員壓力便格外巨大。首先要確定客人們都在正確的位置上，開始送餐之後又得在大家發完餐點以前把足量的咖啡和茶準備好，以免人力空轉。

當客人們魚貫湧入客艙時，廚房組員就必須逆流，穿梭在行李和人潮之間，和旅客確認是否預定特別餐。這個被稱為「對餐」的工作，是廚房組員工作裡頭，最重要的一環。一旦特別餐送錯，責任最後都會落在廚房組員身上。

回程客人預報人數：商務艙零人，經濟艙約莫還有一百個空位。或許因為如此，原本商務艙的座位，被拿來當經濟艙售賣，大概拿來安排給一些高卡別的客人。但是因為沖繩來回班的回程餐點由台北站提供，因此所有屬於經濟艙的回程餐點都在經濟艙廚房裡。當他們正準備迎接回程旅客時，他見到廚房姐姐面色凝重地走進廚房。

「姐，怎麼了嗎？」他問。

「商務艙姐說，因為餐點全部都在我們家，要我們把餐車推過去，順便把餐送一送。」

「順便？那她們呢？」

廚房組員聳了肩。

對於從商務艙傳達過來的這段話，他感到震驚。像是一種擁有完美外殼的幻象被無形的波動給震碎，然後發現空殼裡頭除了一陣惡臭之外什麼都沒有。

倘若經濟艙組員真的到商務艙去送餐，那商務艙組員不就真的沒有事情要做了？

——不，這好像不是重點，問題不在於誰有事誰沒事——

但是，回程餐點不過就是個雞肉堡，東西放在客人桌上，簡單的動作而已。

——所以，這樣的事情只是舉手之勞，沒什麼好計較的嗎？——

但是，商務艙組員人數也不算少。大家一起把事情做完，不是理所當然的嗎？

廚房姐姐語中幾許憤怒和委屈：「我們也沒有在偷懶，大家都很認真工作不是嗎？為什麼商務艙當經濟艙賣之後，連那邊的餐都要我們送了？他們家也有幾個特別餐，我剛剛把特別餐拿過去後，姐姐竟然堅持不收下，要我們送。難道我們在她們眼中真的那麼懶，連個餐點都不想送嗎？從來不是這樣啊。」

他們。我們。他們家。我們家。

原來這一切都是群體和群體之間的問題。商務艙和經濟艙終究是兩個世界，而商務艙的資深組員們，這時候作為一個群體，竟然默許「要經濟艙組員順便送餐」這件事情。原來，客艙從彼此和諧相處的烏托邦，搖身一變為階級森嚴的反烏托邦，是這樣輕易的事。他們在起飛之後，依然把餐車推進安靜的商務艙裡頭，前後不到五分鐘，就把餐點發送完畢。他望向另一條走道那兒的餐車組員們，向她們點頭，確定客人都有拿到餐點。

速度之快，時間短得像夢一樣。

「走吧，我們回家。」和他推同一檯餐車的姐面無表情地說。

他也對姐點點頭，內心希望簾子拉開之後，傳來的人聲越吵雜越好。

妳是一陣令人驚厥的狂風

還在清點廚房餐點數量，同事就過來傳達妳的指令：「大哥，等等先塞完一車，就讓那車出去。經理說這樣才來得及。」他知道香港是個讓人意識空白的航班，組員的最佳狀態，必須媲美帕夫洛夫的狗：起飛後一聽到安全帶指示燈熄滅的聲響，什麼理智啊情感啊常理啊知識啊，丟到真空去，只留下反應，先是右手取壺、左手取水，接著分配一人製茶一人煮咖啡，剩下兩人塞餐，節奏不可亂。特別是小飛機，廚房不過一個轉身的餘裕，你來我往、擦肩而不過，各就各位，衝刺的速度，左腳為軸心，右腳為延伸的活動範圍，沒有人在奔馳，卻像是所有人都在競技。他以為自己早已練就一身功夫，因此對於妳下達的指令，沒有太多掛心。

台北－香港。一個小時又二十五分鐘。

飛機往前推才能打開所有烤箱的規定，他一直嚴格恪守，地訓時老師說若太早打開烤箱，飛機可能跳電。若飛機滑行順利，從前推到起飛後安全帶指示燈熄

滅，餐點至少還要三、五分鐘才能準備好。咚的一響，指示燈一熄，組員起身，廚房簾幕拉上，取壺取水，等待餐點熱畢的同時咖啡機也努力做工，他剛戴上塞餐手套，妳翩然邁步，巨星登場般踏進廚房。

——小哥，一車塞好沒，先讓兩個人車子推出去送餐，不然會來不及——咖啡煮好了嗎？這台咖啡機不能拿來煮茶啊把茶包丟掉咖啡包呢？——（妳等不到他把咖啡包給妳，自己從櫃子翻出兩三包，丟在檯面上）你這樣怎麼來得及，你知道我們才飛多久嗎？茶把茶包丟壺裡直接用熱水沖就好。紙杯給我兩三個做茶滷，先把茶泡開——好了，這車先出去，小哥，再來這車給我，這些咖啡茶通通先放外面——（他埋頭苦幹用盡全力把熱餐丟進車裡的餐盤上）小哥，冰桶在哪裡？你怎麼沒有先把一框飲料準備好呢？好了，這車先給我，你快點把剩下那車塞完，他們那車快要送完了你這樣會趕不上——（一車空車回，滿車出去，同事進來倒杯給客人的可樂）你看，如果你沒有先把一框飲料抓出來，是不是大家還要在車子裡面翻找，這樣是不是浪費時間？為什麼寧可讓大家白花力氣呢？——（妳話才講完就已經將另一部餐車給攆去，此時又一部車回來，他讓同事們帶著咖啡和茶離開，一邊忙著收拾殘局，把乾淨的餐盤挪到餐車上方、把沒用到的熱餐取出來，妳駕著餐車也回到廚房）小哥，你在忙什麼，咖啡茶都出去了嗎？一壺茶給我——（有幾乎半車的餐點沒有用到，散亂分布在車裡，他一眼看到咖啡和茶一杯接著一杯進到客人胃裡，很快大家就要回到廚房來補滿，偏偏妳遇到的客人都很渴，壺裡的茶短時間內就被喝乾）小哥，茶滷準備好了嗎，你在忙什麼？空車先準備好，等等三車出去收才來得及，先叫一個免稅品的妹妹車子推出去問——是不是還有半車，那車不要出來，用手收就好——小哥，不是說這車不要出來嗎，你拉出來幹什麼？——（他說，經理，車不拉出來門沒辦法打開，餐盤塞不進去。妳把門應聲關上，摔回洞裡，拉出來一截，打開門）這樣不就可以了嗎？不都說車子不要拉出來——

妳在大家收完餐點後又翩然離去，他在妳離去之後恢復意識。方才究竟發生了哪些事情，他雙眼空洞對同事問道，「姐，這一切是怎麼回事。」

「我看到你在暴風圈裡面，但我們都無法救你。」他看著眼前剩下的蝦捲肉燥米粉，嘁了幾口覺得好鹹，但是一口接著一口，心想晚餐時間也差不多到了，再不快點吃，很快就要下降廣播，飛機就要到達香港，下一場硬仗開打之期不遠矣。

但是他們吃完好一陣子，機長才廣播下降，原來時間還剩那麼多。

■

香港－台北。一個小時又二十分鐘。

妳那象徵位階的白袍用意或許像是大家追求的白色皮膚，告訴大家妳那看似躲藏在室內不受風吹日晒，飽受溺愛孵化出來的潔白，其實是身經百戰的傷疤一層又一層堆疊覆蓋而成的平白痕跡。難道是為了讓痕跡不為世人識破，妳在制服外又披了一層薄紗？他看見上頭繡著幾隻雲雀和孤梅，芬芳包藏在淒凜空氣裡頭瀰漫的雲色是高潔的，然而他想，親愛的這或許不是妳的心。要是妳褪去那層薄紗，是否會解放更加暴烈、甚至乖戾的，無法企近的妳？那將是無人能親眼目睹的景象。又有誰願意？

他想逃。雖然安全帶指示燈熄滅的那一響，幾近讓他失去意識，但是這次他有抓穩，不論抓到的是什麼——壺的手把，檯面的扶手，餐車的門環，組員座位的安全帶。他想起來，客艙燈還沒打亮，其實連安全帶指示燈都還亮著的時候，他早就站起來，哪管那氣流的一切可能造成機身顛簸，能打開的他都開了：所有咖啡機，所有門栓。他見妳一秒都不願放過，他自然也不會錯過所有偷時間的技倆。他將時間全部納進自己囊內，為的就是在妳永遠空缺的時間黑洞即將狂掃廚

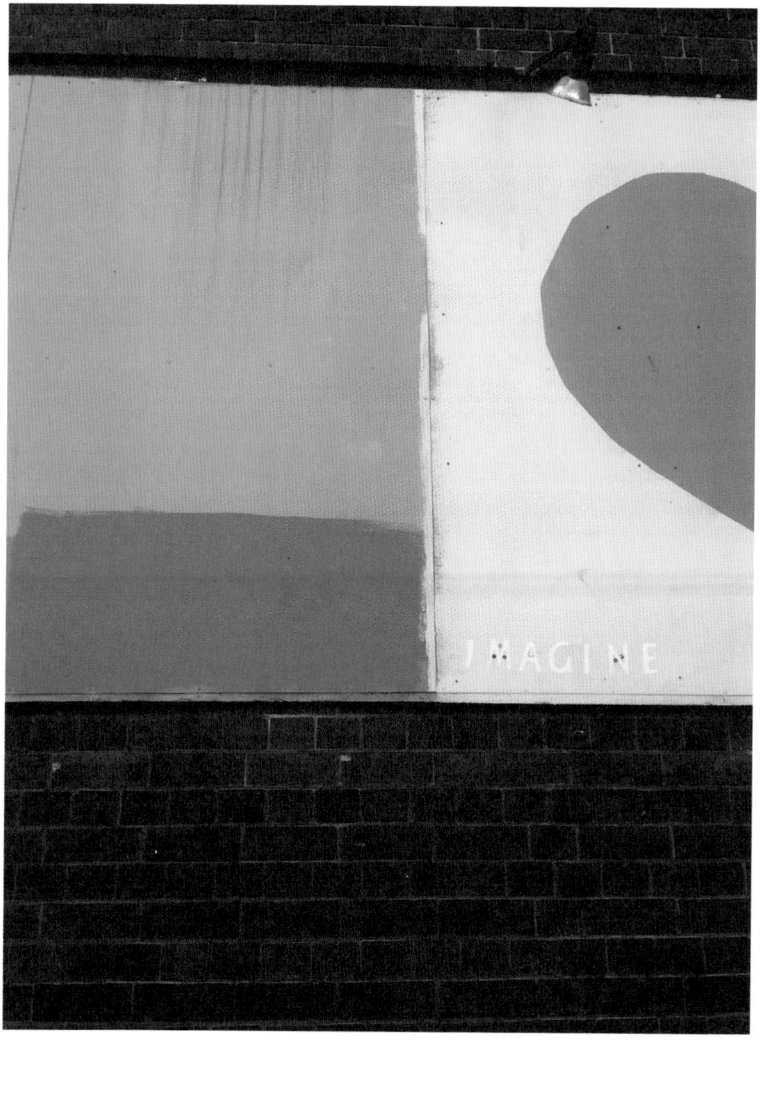
IMAGINE

房時，全都傾倒出來，獻祭。

「她來了。」同事說。

他在腎上腺素氾濫的那刻起動作從沒停過小哥一車先出來塞一面就好另外的直接補兩框叫他們快點出去你知道飛時更短了咖啡好了嗎茶壺拿過來飲料框好你可以多拿幾罐可樂汽水出來旁邊是不是有兩框完整的汽水可樂啤酒先把多一點杯子拿出來好你們先出去送今天吃什麼好餐點以後就是要你們一開始打工那一刻起一切都準備好不然大家都只能乾等時間就浪費掉了對吧好組員就是這樣沒有幾個人在用腦小哥你打廚房要知道怎麼Organize讓大家隨時都在要什麼有什麼的狀態另外一車快點塞好就給我咖啡茶準備好了嗎好放外面就可以等一下我自己出一車補餐放車上不用補框這樣比較快好先生用廁所嗎麻煩旁邊空位等一下我們這邊車子進出會撞到您小哥帶客人到旁邊等先生您稍等好他用盡思考的力氣卻發現思考早就失效拋到九霄雲外或者是根本留在台灣客人被晾在一邊等上廁所但是他無暇關注廁所到底多少人在上妳到底想要什麼接下來打算做什麼呢好小哥給28排B一杯可樂加冰大哥客人要三罐可樂姐我來拿給妳他們要冰塊嗎大哥謝謝妳把一切不需要的通通甩到車上和檯面上妳的生活有沒有可以好好安置的部分呢他想但妳問小哥這半車你看客人都不吃這樣塞餐進去是不是就白費力氣了所以你也要會預估

哪些動作是不必要的這就是用腦的意思但他覺得這比中樂透還難你怎麼知道客人到底餓不餓呢妳笑著說這說那非常睿智的模樣而他也笑著點頭回應謝謝謝謝我知道了好小哥等等出三車收餐然後叫一個Dutyfree的去賣姐經理說叫你們其中一個人等等先出車大哥經理的意思是大家餐車都還在收的時候我們其中一個人要推車出去賣嗎姐那就一邊Set車一邊手收後面排數客人的餐點好了至少她還能看到大家有在忙好妳已經拉了車出去他拎著滿滿的咖啡壺茶壺追到妳的餐車丟著又匆匆回到廚房拉車那姐妳先跟我一起收餐好了記得我們兩個要全速前進喔不然她比我們先收完就完蛋了大哥好我知道了他搖身一變也成為黑洞那種只吸髒餐盤的黑洞通通丟進空車裡頭他不知道自己到底在跟誰競爭妳步步逼近他說姐妳等到經理回來了就立刻把免稅車推出去妳把餐車推進洞裡小哥這些東西偷偷收掉但我教你冰塊可以裝個兩杯起來其他就收起來飲料先留著等到下降廣播再倒好妳露出滿足的笑容跟他說小哥我想你經過這次之後會成為打廚房的專家我剛剛說的你都有懂嗎有經理我學到很多妳披著薄紗離開經濟艙之後他才覺得自己回神了但一切究竟發生什麼事情他心想好再也不要重來一遍

妳是狂風，昨天才見過妳而他卻無法清楚記得妳的臉。讓人暈眩。讓人驚厥。妳的容顏是速度。妳的速度是狂風。

外籍姐姐

・台北－新加坡

不知道為什麼，這次的航班裡頭有兩位泰籍組員，都很資深。他身為資淺組員，恰巧分配到與其中一位泰籍姐姐打工。所謂「打工」，不是一般理解那種學生課餘賺零用錢的打工，而是很字面的「打」－「Do」、「工」－「Work」。依照前後文，有時特指兩人在這趟航程裡頭一起推車送餐和飲料，用法例：「大哥，今天我們一起打工。」這句話他是從一位日本姐姐那兒聽到的，帶有自我介紹性質，告訴對方「今天一起推車送餐」。廣泛而言，「打工」的「工」指的是跟廚房有關係的工作。大部分組員稱誰「打工打得好」，大抵稱讚那位組員的廚房作業做得好。以上都是他自己給的解釋，從來沒有官方定義。

送完餐點、賣過免稅品之後，就是組員的用餐時間。在同一個廚房內，突然只剩下他和兩位泰籍姐姐。他一時不知如何是好，兩位姐姐此時此刻正用泰文聊天，但是又好像一邊看著他。泰文對他而言就是一連串的聲音，他甚至連泰文的「謝謝」都不會說。而去除掉語言的眼神是凶狠的：即便對方沒有任何惡意，光是那一瞬的一瞅便足以讓人感到赤裸。泰國姐姐邊吃飯邊聊天，突然其中一位向他說道：「大哥，尼幾雖？」

他滿臉疑惑，嘴巴裡的食物也不敢多嚼一下，就怕咀嚼的聲音導致他聽不清楚姐姐的問題。但是看樣子問題已經被問完了。

「大哥，How old are you?」泰國姐姐的英文總帶著獨特的腔調，「How」、「Old」跟「You」的音調一樣高，唯獨「Are」低一些。平穩優雅中帶了一點淘氣那般。

他想起組員間流傳的一則軼事。某個航班準備降落時，一位泰國姐姐遇到不願繫上安全帶的客人，不管姐姐怎麼請他「Fasten seatbelt please」，對方拗著脾氣，不願意就是不願意。幾度僵持之下，客人終於受不了，爆了粗口，對姐姐罵「Fuck you」。只見姐姐從容不迫地回答：「Fasten seatbelt first, fuck me later.」（語調大致上都是平平穩穩的，唯一比較低的音調落在「Later」的第一音節）。

「姐姐，I'm 27 years old.」泰國姐姐對他回了「27, so young」後，兩人繼續聊天。他繼續嚼著嘴裡的白飯，心想，自己的歲數被說「Young」實在連自己也過意不去。但在那之後，他聽到的也只是名之為「泰文」的聲音而已。直到落地，感覺腦子空空脹脹的，看到其他同事因為一起打工而變熟，熱絡聊著等等要到市區哪兒觀光，唯一一起打工的資深泰籍姐姐又走在隊伍前頭。他有股想講話的衝動，卻又覺得沒什麼好說的，走著走著，就到達大巴士旁邊了。

・台北－關西

她是全機組人員中唯一一位日籍組員，比他資深一點點。她不太會中文。當然，公司並沒有規定外籍組員一定要會中文，只是大家似乎很習慣「外籍組員會講中文」這件事，特別是日籍組員。相對來說，很多日籍組員也知道台籍組員中會日文的人不在少數。甚至有的組員會直接用日文溝通。他曾遇過一位日籍姐姐講起中文完全沒有日文腔，事後才知道原來她是台日混血兒。

但她不是。B747-400經濟艙的廚房坐落在客艙中間，大家在休息時間聊得開心的話，全部的組員都會擠在廚房裡，狹小的空間，一共九個人，七嘴八舌。只見她一人兩眼放空地吃著飯。

他有點想要找話題跟日本姐姐聊天，卻又不想被其他組員認為他是在搭訕日本姐姐，畢竟他是全組裡頭唯一一位男性。當其他台籍姐姐們聊到各自的男朋友時，他把吃完的餐點收進車裡，離開廚房，掃廁所去。

不知道誰比較像外籍組員呢？日本姐姐，還是他？

．台北－舊金山

台北往返舊金山和洛杉磯的客人裡頭，常常有不少印度和越南客人。比起稍微還能用英文溝通的印度客人，越南客人常常連英文都不通。有時候語言不通未必是壞事，因為客人就無法提出太多要求。（他也知道這種心態似乎不太合於服務業標準，但是長班畢竟飛時高又熬夜，難免消極覺得，少一事算一事。）語言一通，常會叫他感嘆，原來言語和心靈的沆瀣一氣是這麼一回事：想要的東西就不斷開口要，不爽的事情就盡情咆哮，在飛機上好像可以毫無束縛，忘我宣洩，頤指氣使，料想空服員最怕客訴。

她是全組唯一一位越南籍組員，也是全機組員中最資淺的。她不會中文。很多時候，只要組員中有外籍姐姐，經理第一句話會是：「姐姐，聽得懂中文嗎？」有的姐姐還懂這句，所以會搖搖頭表示無法用中文溝通，但是這次的越南姐姐連這句話都聽不懂。

他要是越南姐姐，每次被這樣問，心裡應該會有點不舒服吧，大概每次都會在心裡反問「不會中文不行嗎？」

這位越南姐姐看去膚色白皙、雙頰豐潤，笑容無邪，無疑是位初出茅廬的女孩。他和越南姐姐也只能在行進時彼此聊一下天，等到上了飛機，他被配到B777經濟艙的中間廚房工作，而越南姐姐則是到後面廚房。雖說台北到舊金山的飛時長，但畢竟越早把事情做完，組員們也就能被配到越多時間輪休，因此整體而言，打工的節奏只比香港或沖繩這樣的「戰鬥班」慢一點點而已。

送完第二頓餐、免稅品賣完之後，大家一邊吃飯一邊等待的，就是落地那刻。這時後面廚房一位姐姐到中間廚房來，問大家手邊有沒有可以消毒傷口的酒精棉片。原本還以為是客人受傷，一問才知道原來受傷的是姐姐本人：「我在打開麵包袋的時候，越南姐姐想幫我把袋子剪開，但是她連我的指頭也一起剪下去，傷口還真不淺。」

經過十個小時的飛行，大家筋疲力竭，行進時越南姐姐不發一語。「姐姐，Is this your only long-haul flight for this month?」他問。

「No, da-ge（大哥）, I have another San Francisco flight three days after we go back to Taiwan.」姐姐回答。

他無法置信地說：「That's crazy.」

當地時間晚上八點落地的班機，大概九點半才到飯店。大家紛紛在櫃檯簽名、拿房卡，一旁資深姐姐幫忙大家張羅向當地亞洲餐廳訂的便當。有的人拿了便當就匆匆回房休息了，但他還留著，看看還有什麼地方能幫忙姐姐善後。這時他看到越南姐姐走向那位受傷的姐姐：「Jiejie（姐姐）, I am really sorry......」

姐姐靠向越南姐姐，搭著越南姐姐的肩膀，連忙回答：「姐姐，It's OK! Don't worry!」

越南姐姐皺著眉頭，若有所思，像是被大人的善意給驚嚇的小孩。她欲言又止，但是又怕姐姐就這樣回到房裡。越南姐姐又再次叫住受傷的姐姐。

這句話，她像是想了好久好久才敢開口：「姐姐，Do you like ice-cream?」

一聽到這句話，姐姐那綻開笑容的面龐，像是被孩童的純真給逗笑、卻又同時深受感動的大人。

水的模樣

飛機一傾斜，往往就會有它的蹤影，寂靜無聲，有縫便鑽出，阡陌縱橫。起飛降落時，客艙內被引擎聲響給占據，若他坐在廚房周邊的組員座位，它往往以靜制噪，緩緩從櫃子旁、從餐車裡，由高處往低處，婀娜搖曳；若在伊甸園裡頭，它的誘惑程度絕對不亞於誘惑夏娃的蛇。一如起飛時，他不時會忘了把握最美的離地劇場——原先是拔地而起的家屋大樓漸漸變得扁平，成為廣袤地平面的方格馬賽克（他覺得胡志明市的格子特別分明），雲層由薄紗凝聚成濃霧，頃刻不知今夕是何夕，轉眼機身已突破雲層，所有塵世喧擾，都在雲的另一端——只因為它凌駕於所有窗外即景，在客艙內悠悠出場。

有時候只是條涓流，有時候則是整片淹進廚房。這是客艙廚房內的，蔡明亮《青少年哪吒》裡，總在淹水的舊公寓。他被綁在組員座位上，眼看著水流經過，從櫃子爬出來，又流進餐車洞裡。明明以最大馬力加熱餐點的烤箱，此時卻突然嗶嗶作響，控制面板竭力閃爍著字樣「No Water」。但是組員直到飛機拉平前，站起來都是危險舉動，只好暫時旁觀那停擺的烤箱以及兀自流動的，不知從何而來的水。

有什麼比這個場景更適合長鏡頭呢？

■

小飛機經濟艙的組員座位，兩兩一組，一共四個人排開一列擠在狹小的廚房裡，面對同樣排開成一列的大小櫃子、餐車、和烤箱。他清楚記得那次飛機觸地之前，身旁資深同事抓著廚房入口的門簾，兩眼盯著大家面前的櫃子，像是瞄準獵物的鷹，等著獵物出現。

飛機觸地，機內轟隆一聲，同事旋即拉展門簾，覆過他們。他眼前一陣黑幕降臨。「等一下，」同事說，「等水噴完。」

雖然只有幾秒，那黑幕卻像是持續半晌，他耳邊僅有飛機隆隆的聲音，直到終於平靜下來，機內廣播，「各位貴賓，歡迎來到……」同事才把門簾放回，光又映入眼簾，他看見櫃子邊仍然在滴著水。

「這架飛機，」同事侃侃而談，經驗老道，「會有陳年老水。」

「姐，這些水哪裡來的啊？」

「沒有人知道，」同事看了他一眼，又把目光聚焦在滴著水的櫃子角落，「總之這幾架飛機在落地時自己都要小心一點。」

簡直可謂武功高深。這點水，是波及不了她的。他感到自己正受強大的光環保護著。

■

空服員清理廁所的最高準則，莫過於讓所有水都消失在廁所裡。不只是水，連水漬都不允許。有時候甚至像是犯了偏執，才剛清理完一間廁所，正在消滅另一間廁所的水時，眼睛餘光瞄到方才那間廁所又有客人進去使用，他結束清理當前這間之後，又會回到前一間廁所巡視。

只是他時常發現，這竟然是個類似窺視的舉動。

有時候是沒沖乾淨的糞便；又，即使是用後被整理得很乾淨的廁所，裡頭的氣味也騙不了人；也有時候是濺得滿地的洗手水；當然也有的時候是靜靜躺在馬桶前的一灘——透明的，或黃的，或紅的。

這不是水。這是最赤裸的人。

熱

他摸黑走上組員休息區，氣流突然不太穩定，機身震了一下，他差點沒站穩。身體一傾，不小心壓到休息區的電燈開關，原本打著微弱暗暈紅橙色光的組員休息區，頓時變得全暗。頃刻伸手不見五指，但眼睛很快就習慣了。「請繫安全帶」和「禁止吸煙」的燈號還亮著，夠讓他知道自己身在何方了。

冷氣吹得正強，上一段輪休的組員留的枕頭和毛毯被安全帶安好地繫在小床上。兩條毛毯和一個枕頭，都是經濟艙客人沒有用到，組員帶上休息區自己用的。裡頭冷氣強，空氣乾，很多人輪休的時候會戴著口罩，讓自己舒服一些。他爬到上鋪，把枕頭鋪好，蓋上毛毯，沒多久，竟然就這樣睡去。十一點二十分，恰好接近可以午睡的時間。表定十二點落地的成都班，因為延誤導致預計落地時間變成下午一點。

他這段輪休時間從十一點二十到十二點二十，躺沒多久，他把毛毯從肚子往上拉到脖子，實在是因為休息區內冷氣一如往常，強得很。

這是他第一次在當天來回班的輪休時間睡去。

■

表定早上八點五分起飛的台北－成都航班，組員照往例提前一個小時到達機邊。波音747的客機，經濟艙全滿載客量可達三一九人。這天的台北－成都來回班，經濟艙客人數量都全滿。

他和同事們一進飛機，差點要拔腿離開。在這個夏天已要大肆刺激身體汗腺的時節，機內沒有燈光、沒有空調，飛機活脫脫是個長條烤箱。他還穿著完整的西裝，才走到自己的組員座位，汗水已經蠢蠢欲動。把行李放好，隨之而來檢查緊急裝備要他一蹲一站，爬上爬下，原本淡藍色的襯衫被身體漸漸滲出的汗水，溽成深藍色，從西裝背心的兩邊像是翅膀一般探出，延伸到袖子上面。

他很難想像其他女性同事，化著全妝，貼身旗袍和背心附在身上，又得忍受這種室溫的感受會是如何。

機內燈光亮了，但是空調沒有好轉。不過看樣子，這趟應該也只是因為APU的問題而已吧，起飛之後一切就會恢復正常。有好幾次都是因為APU，還在地面播放安全示範影片時突然畫面跳掉。組員的第一反應大概都是準備好人工安全示範。有人戲稱這叫「跳舞」。有好一陣子公司正在更換安全示範影片，直到新的影片出爐前，組員每一趟都得跳舞。恰好他剛上線時就遇到這個時期，也因此「跳舞」對他而言，不是什麼會因為突來而讓他不知所措的事情。

這次，組員們除了知道飛機的APU不太好之外，只知道飛機還有其他地方正在維修。不知道要等多久，沒有人知道要等多久。燈光打亮以後，以為將隨之而來的冷氣，只有送風功能，吹得不痛不癢、吹得意興闌珊，大家已汗水氾濫。地勤很快把客艙清潔完，餐勤把機內餐點都送進廚房、跟負責廚房的組員確認後，客艙除了空服員外，沒有其他身影。

他在洗手間抽了幾張紙巾想擦汗，在鏡子裡看到領口沿著脖子濕了一大圈。他及時用紙巾阻擋了幾顆要滑到領口的汗珠。

經理廣播，旅客登機，「客人到」。

他知道，這種時候一定要按捺住，再怎麼說，客人也等很久了。多希望迎接客人時客艙裡邊放著的迎賓影片能成功安撫客人。但他忘了，二線城市的航班最困難的階段就是旅客登機：成團的旅客總是被拆散，也因此這裡那裡的旅客想要和這裡那裡的旅客換位置，大家在窄小的走道吆喝著誰和誰能不能換個座位，後

註：APU，「輔助動力系統」，是為航機在地面運作時主要的電力來源，舉凡客艙空調或影視系統都靠它供電。

面剛進飛機的客人又等著要繼續向前走到自己的座位上。空服員也只能哀求客人儘快找到座位後，好好入座。

突然間他看到旅客們坐下後都拿起座位袋裡的安全須知卡了。好歹，這張卡片拿來搧風，也有點降溫效果。

客人被汗水點燃怒火，見到空服員就罵，罵航班延誤，罵客艙太悶熱。但是空服員此刻也沒有想要辯解什麼——根本不需要辯解，也無從辯解。空服員從上飛機的那一刻起就在等，等燈光亮，等空調來，等旅客上飛機，等飛機起飛，等待到達目的地，等著從成都回來，等回家。他也被一位旅客叫去，但是旅客正抱怨客艙太熱，叫人怎麼受得了時，突然打住，無奈對他說，「算了，你也很熱，看你都濕成這樣了。」

飛機還沒後推。旅客就座，安全示範影片準備播放，客艙燈光跳掉，緊急出口燈號全亮。

經理廣播：「組員請準備人工安全示範。」

台北－成都的來回班，因為飛時高，組員很容易超時工作。所謂超時，就是工時超過十二個小時。為了不要超時，經理會讓組員做完事之後，安排組員輪休。就他個人經驗，通常經理會安排去程讓一半組員休息，回程再讓另一半組員休息。

早上十點，機長打兩響，飛機起飛。坐在他身旁，負責廚房工作的大哥對他說，「我才突然意識到，飛機後推前這一大段時間我們都沒有錢。」

一萬英尺，經理來電。

「等等我們排輪休，十點二十到十二點二十。」

「經理，所以是去程回程組員各休息兩小時？」事務長語帶幾分詫異。

「不是，當然是兩個小時切一半。」

「經理，所以我們是四個人送餐，其他人去休？」

「對，等等二十分，第一段休息的人就進Bunk。」

747客機經濟艙，滿派一共九個組員，包含事務長。這樣的人力應付全滿的經濟艙，對他而言，不會太吃重，但也稱不上輕鬆。扣掉一半的人力，面對全滿的經濟艙客人，他知道這是場硬仗。

事務長氣沖沖進了廚房，她說，經理堅持要這樣輪休，說是因為手冊有規定。「但是手冊根本沒有規定組員一定要在這一段通通休完一小時啊！」她一邊幫忙廚房準備，一邊叫第一段輪休的組員趕緊準備進休息區。

飛機起飛後，用的是飛機本身的電力。冷氣開始狂送，客艙溫度瞬時掉下，旅客開始此起彼落按服務鈴，要毛毯。又有些旅客等太久，餓了渴了，「少爺，來杯水唄。」

四個人，兩人推一車送餐，一車的餐點只有三十六份，餐點又有兩個選擇，每每到送餐尾聲就會發生餐點選擇不足，客人可能生氣的情形。一車送完，把空車拉回廚房，換一車滿車出發。這樣的餐型，理當還得問客人搭配什麼飲料。但若是真要這樣送，經濟艙尾端的客人吃到的飯，大概也只是冷盤配冷飯。經理指示，不帶飲料，「Under Request」。

而客艙裡頭總有專業的客人，如商務旅客，或是旅行團導遊。他們對於機內服務流程的熟稔程度不亞於組員——

「你們這次怎麼沒有提供飲料？」

一小時內，四個組員成了電力開到最強的送餐機器。他不知道自己的體力哪裡來的，明明早上四點多就起床、準備六點三十五分報到，又經過一早的蒸溽，體力應該很快就要透支才對。換車時，他看到經理到廚房裡煮了幾壺咖啡和茶，預置在廚房裡好讓大家送完餐後立刻提供熱飲給客人。

據聞，經理說他已「犧牲了休息時間幫大家的忙」。就在這同時，46D的客人把事務長叫去，手指著正在滴水的行李櫃。飛機漏水，在公司的747客機裡頭，也不是第一次了。他心想，或許可以通知經理，看他能否請隨機機務幫忙處理。但是回頭一看，廚房裡頭已不見經理身影。

■

十二點二十，他回到客艙。旅客們酒足飯飽，聊天看電影，等著飛機落地。他想起同組的大哥在起飛時突然擔憂地說，「希望機長沒有妥協任何事。」

下午一點整，飛機順利落地。客艙溫度又慢慢爬升。旅客都下機後，他明顯感覺到，機內溫度又開始逼迫身體的汗水了。

下午三點，回程的客艙清潔及餐點都已準備完成。機長廣播，請大家再等大概一小時，飛機需要維修。

「沒關係，我們有輪休一個小時，工時還不會超過十二。」經理說。

■

客人還沒登機，制服又濕了一次。他打趣跟同事說，去程他用汗水在制服上畫了個澳洲地圖，這次要畫個歐洲的。

他也才意識到，這天飛的台北－成都班，是待命被抓飛。同是組員的朋友跟他說，「這個班很累，我上次晚上七點才回到家。」

從成都回到台北，飛機落地的瞬間，他看看手錶，七點五分。看樣子，工時再怎樣都不會超過十二。而休息時間，在他離家還有很遠的路程開始，就起算了。

桃園似乎下過一場大雨，空氣飽含濕氣，氣溫好像降了一些。

返家路上，他突然想到回程一位發飆的旅客對著同事大罵，「整頓飯也只給我這一杯茶，妳叫我怎麼下嚥！」他身旁的另一位旅客後來到廚房跟大家說，那位先生是一位董事長。

他不知道原來董事長們的喉嚨都比較乾。

一到家後他立刻把身上的制服脫掉，丟進洗衣機。晚風徐來，巷內幾聲狗吠，驅走整日燠熱。這才開始有休息的感覺，在這沒那麼熱的時刻。今晚睡覺，好像不開電扇也無妨，不蓋被子就好。

或許也是今年夏天他第一次決定不蓋被子入眠。

「小時候」

一開始他還很不習慣資深的同事們在憶過往時，把那段日子叫作「小時候」。她們的開場大都是：「以前我們小時候啊……」然後講的就是那些他未曾想像過的工作情景。說得更準確一點，他並非未曾想像過，而是從來沒有把那些所想像的和自己連結在一起。這是很奇怪的感覺，當別人在憶當年，你突然發現自己也可以是回憶中的主角，只是在不同年代而已。你也可以是對方，對方看你也像是他以前的樣子時，在回憶裡頭誰都可以你我不分。他每每聽著這些「小時候」的事情，都會自動把心中的畫面迴轉到自己小時候那些搭飛機的零星片段，然後想著原來在「幕前」搭飛機的自己，同時「幕後」有這些事情在發生。即使，他搭的頂多是國內線的飛機。

後來想想，大姐們用「小時候」來回想過往也不是太奇怪的事情。公司裡頭同事之間彼此用「哥」和「姐」稱呼，自他進公司以來，官方說法就是「要大家像是一家人一樣在相處」。見仁見智的說詞，但他並不反對，稱呼彼此為哥姐，有時候（除了方便之外），的確偶有家人彼此幫忙的感覺。一開始他的確排斥，認為這種假家人的親暱豈止偽善，更是多餘。有可能是學生時代的遺毒，他認為比較資深的就叫學姐學長，比較資淺的就叫學妹學弟，一切清楚明瞭。但就在他想著「哥姐」與「學長姐」之間的差別時，才發覺自己心中貪圖的是那種父權結構般的宰制，便感到幾許自慚形穢了。全部乾脆直呼哥或姐，反而有種，他想，饒富興味的反動意味在。

但誰管你怎麼想呢，他想。哪天他突然稱同事作學長學姐，對方可能請他到對面大樓換上綠色制服了，這就叫作企業文化。一種有時候跟某種學術圈的某個面向很相似的地方，一種叫人難喘過氣的地方，一種讓人更需要與人相處的地方。

而他一次比一次喜歡聽那些「小時候」的故事。他喜歡聽「大人們」總是說「你們現在真的很好命了」，之後接上那些他難以想像自己要是處在當時，該如何面對的種種場景。好比一回，當大家打完工後，資深姐看到大夥突然研究起飛機上烤箱其他功能時有感而發地說：「你們現在真的很好命了。以前我們小時候的烤箱是那種，你必須要把門往上翻起來、推進去才能把餐拿出來『塞』（意思是把主餐餐盒放到餐盤上）的烤箱。紅白酒也都一定要用開瓶器才能打開，不是現在蓋子一轉就開的那種。那次有客人跟我要酒，剛好其他姐要開烤箱塞餐。她把烤箱門拉起來的時候剛好我才努力要把紅酒塞拔起來，手肘就這樣黏在烤箱門上了。」

姐暫停了一會兒，想到什麼滑稽的事情般，噗哧笑了一聲，沒看到在一旁聽著的大夥，想像這種情景時，各自驚呼連連。

「但那個時候大家都很忙啊，我想快點把塞子拔出來，其他姐也緊張想要把我的手跟烤箱門分開。當時情景就變成我一邊轉出瓶塞，其他姐趕緊用冰塊試圖降溫。我記得後來整趟飛行，我的手肘那塊皮就這樣貼著，要掉不掉的，我好怕那塊皮不小心掉下來，嚇到客人。現在想想，真的好好笑喔。」

姐的表情不是炫耀，更沒有滄桑。該怎麼說呢？他在姐表情上看到的，確確實實是那種，坐望過往一切辛苦如今已是帶點甜味的；那種，回憶拿出來把玩，讓人看得開心，自己也講得開心的那種，輕鬆的傷痕。

輪休的技巧

如果說，輪休不過是躺下闔眼睡覺，或許還有些辭不達意。輪休的時候，睡覺並非一蹴可幾，還需要天時地利人和。若要比較三者的重要順序，他會說，天時大於人和，而前兩者遠大於地利。睡覺必須要睡到能睡的時間，有時候還得要輪休對象的成全，至於地點，勢必是藏在機身某處的組員休息區。睡覺和輪休，搭配得宜便如魚得水；只要出一點差錯，一個錯誤的時間點，便是身與心的同床異夢——我在輪休，但是我沒睡著。

所謂輪休對象，指的是和你在這趟來回航程中輪流休息的對象：組員在航程中的休息時間會分成兩段，你和輪休對象分別挑其中一段來休息。輪休對象的組合，雖然有一套原則，但也會因經理的行事風格而異。有可能是特定工作職責的組員互相輪流（賣免稅品的組員互相輪流，而負責廚房的組員另外輪流），也有可能是一起推車的組員兩人互選，也有可能是同一個廚房裡頭依照資歷兩兩分組輪休。若職場倫理在這個業界還算重要的話，兩個互相輪休的組員之間，通常由資深的來決定這一趟航程誰先休、誰後休。當然這種輪流選擇的方式還是很有人性的，雙方各會有一次選擇先後休的權利：去程若是資深的選，回程就會是資淺的選。至於去程和回程分別由資深的還是資淺的來選擇，這種有點後設的問題（但這的確是個後設的問題：關於選擇的選擇），答案很簡單：讓資深的來決定。

這次台北－洛杉磯的航班，他是全組最資淺的一位。和他輪休的對象很貼心地說，「大哥，這趟你先選，回程我會選後休喔。」這句話像是一種製圖基準，連帶決定了他在洛杉磯將要如何分配時間進食，出門，和休眠。最大的目標，就是在回程輪休時，可以順利睡著。

■

於是他和一起飛的同學C和另一位同學Y約了在洛杉磯當地下午（台灣約莫凌晨時間）一起到市區走走，到Paul Smith店面那近來熱門的粉紅牆隨興拍了些照片，又一路花了半個小時走到Y一直想要嚐嚐口味的Lady M，雖然等待他們的只是一張寫著「Sold Out」的紙條，在店門口無情地迎接所有客人。

洛杉磯這幾天的天氣一直都不太好，印象中的加州陽光，在他這次短暫停留一天多的時間裡，只有剛落地那個下午短暫露面。只可惜剛落地時魂魄還在遠方遊蕩，他和C無福消受，兩人連出門的力氣也沒有，先睡再說。直到隔天搭車往市區路上，原本陰沉的天空開始零星落雨。司機說，加州下雨其實很好，只是很少人這麼覺得——「春天就要來了，有雨才有綠地，花才會開，不然一片乾燥的景象，有陽光又有什麼用呢？」

「真是充滿詩意。」他這麼回答司機。

「往好處想，生活才能過得比較開心。不然，這個國家，現在有這個總統，這裡好像變成一個更危險的地方了。」司機說。

■

回到飯店後，距離全組集合的時間還有兩個小時。他雖然躺上床，卻又不敢睡太久，結果僅僅失神十五分鐘就爬起來，猶豫著要不要打視訊電話給朋友。他挺喜歡這種時間的真空，離集合還有充足的時間，暫時不知道洛杉磯到底幾點，也不清楚台灣的時針分針走到哪裡，他擁有的是剩下的一個多小時，如果時間有質也有量，這大概就是時間的分量吧。

那什麼叫作時間的質呢？輪休睡不著的時候，感受到的，大概就是時間的質了。好險這一次回程不需要用身體去碰觸時間的質，他竟然順利地在四個小時四十五分的輪休時間中沉睡三個多小時。畢竟那是台灣時間的晚上六點到十點四十五，照理說精神應該正好才對。至於剩下醒過來的時間，大概就在那狹小空間裡，開著微弱的燈光，漫無目的地滑手機，想著回國後要跟哪些朋友見面，這類生活小事。

輪休結束後距離落地還有至少六個小時，但是他已經心滿意足。工作起來，耐心好像比上回的洛杉磯班多了一些。即使偶爾還是會有理智線斷掉的時刻，如問餐數度與不通曉中文和英文的越南客人雞同鴨講時，他只好消極地問說：「Egg? Rice?」幾度折騰，送餐、收餐、清理廁所，終於盼到機長的下降廣播。雖然輪休順利睡著，總歸是熬夜，到航程尾聲時，幾乎只能靠直覺工作。沒有理智，也沒有情感。

外頭天還沒有亮，時間是台灣凌晨五點多。聽說天氣又要開始變冷。他坐在機尾巴的組員座位，看著窗外飛機航行燈一閃一閃的，似乎要穿透厚重的灰色雲層。身旁資深同事繼續聊著家裡老公小孩的大小事，他一句也聽不進去，努力想要戰勝睡意。身為最資淺的組員，這時候睡著也太不成體統。不知不覺看著窗外的景色，從一片灰雲閃過去，城市燈光街景隱隱若現，然後是輪子放下來的吭隆一聲，以及緊接著的廣播：「各位貴賓，我們已經準備降落，請繫好您的安全帶。」

就在他覺得飛機高度已經很低的同時，他感受到機身的速度突然加快，引擎的聲音比以往這個觸地階段來得更大。窗外街景、燈光、道路，轉眼間又越變越小。飛機又爬回空中，又是一片濃厚灰雲在外。「外面霧太濃，落不下去吧。」資深同事說。他們彼此看了對方幾眼，彼此眼中流露的是心照不宣的恐懼。當然，他們知道這其實不是凡遇上就死路一條的情況。「我遇過拉得更急的，那才是可怕。」同事看著他，語氣帶有幾分安撫。

然後一切又重來一次，城市燈光街景又一次出現在眼前，放輪的聲音，廣播：「各位貴賓，我們已經準備降落，請繫好您的安全帶。」方才的一切好像沒有發生過。他什麼都無法思考，不知道究竟是太睏了還是太多事情需要思考——但是思考在這時畢竟一點用都沒有。他的恐懼和客人應該都是一樣的——雖然放眼望去，鼾聲大作、沉沉入睡的客人不在少數。唯一慶幸的是他的位置不用面對客人，他不需要控制自己的面部表情。他記得在書上看過，重飛其實沒什麼大不了的，他也可以想像，落地之後，當組員在登機門集合時，機長副機長們神態自若，準備下班的神情。

除此之外，也無法往更壞的地方去想像。沒必要。

■

「剛剛飛機拉起來的時候，我整個人都醒了。」大家在機場行進時，他對C這麼說。

「坐我對面的老外口中一直念念有詞，看起來超級害怕。飛機落地的時候他瘋狂比這個動作——」C用食指點劃頭、胸，以及左右肩，畫出十字架的樣子。

「妳何不乾脆對他這樣比——」他喉頭擠出「喀」的聲音，作勢用拇指從左到右劃過喉嚨。

兩人放聲大笑，一路聊天聊到組員巴士邊。一坐到位置，倦意這回真正席捲而來。如果說，輪休不過是躺下闔眼睡覺，或許還有些辭不達意。輪休，其實很講究技巧的，是一種休眠時間的剪接術，在飛機上睡了不夠的那些，回到地面，你可以狠狠睡回來，然後日子又可以繼續進行。在飛機上睡得太多那些，回到地面後好像也不太需要過多的補眠，又可以赴約跟朋友見面，又可以把書讀完。

又可以，繼續思考些什麼。這倒不怎麼需要技巧。也不怎麼必要。

輪休睡不著的時候

當他想起在冬天的歐洲行走時，在那些好冷的地方，外頭很冷很冷，房間裡頭卻很暖很乾。

當他想起回到台灣街道行走時，在這個好暖的地方，外頭很暖很暖，房間裡頭卻很冷很濕。

而很冷又很乾的地方，就叫作客艙，是個裡面－外面相連結的空間。

而很暖又很濕的地方，就是身體，也是個裡面－外面相連結的空間。

欲眠無眠時，也是裡面－外面分不清楚的時候。

飛行線·2

洛杉磯，UTC-7。台北，UTC+8。他一連打了兩通電話，於是我決定接起第三通。台灣時間半夜近十二點。「完了，」他說，一邊傳來的是他咀嚼食物的聲音，「完了啦，我會不會回去就沒工作了。」

原來是去程的時候簡報答得不順，被經理要求回程集合時把逃生流程再背一次。「你先聽我背一次，我等等要準備收行李了——」也顧不得我打算因為完全不熟悉他們逃生流程而準備掛掉電話，他就開始講起：Passenger evacuation passenger evacuation, check outside, check door mode……我說，這一些東西你不是也講了快三年了嗎。他的說法是，「好久沒有打這麼資淺的Du（Duty，工作職掌之意）了。」的確，昨天他也才在抱怨洛杉磯客人不知為何突然紛紛買起免稅品，忙得他差點沒空吃飯。

「聽我練習一下又會怎樣，」他依然咀嚼著食物，「反正你論文還不是一樣寫不出來。」

他說的也沒錯。我已經呆望著電腦螢幕三個小時。誰在乎呢。他繼續流暢背誦著緊急逃生口令，「過來Come this way，你們兩個……」我看著手機的世界時鐘同時顯示台北和洛杉磯（以及許多其他地方，雅加達、德里、檀香山、東京……）的時間，看著這些時區顯示不同時間卻又同步行進，秒數跳動著五十七、五十八、五十九、零零，我這邊的一天剛過，洛杉磯卻還在前一天。他一口氣唸完口令，「不覺得我很可憐嗎，都這麼累了還要花力氣練習緊急逃生，這個空服員實在太盡責了。」

可憐嗎?他口中所謂的「可憐」總是有點不對勁。並非一種自然而然引發他人憐憫的狀態，反而更像是他情有獨鍾的誤會。好比，他覺得在飛機上因為拿不到餐點選擇而暴怒的客人很可憐；他覺得因為看不慣別人工作習慣而在飛機上飆罵資淺空服員的資深大姐很可憐；他覺得坐在經濟艙要不到商務艙拖鞋的卡客很可憐；他覺得講話不客氣招致眾人排擠的資淺姐很可憐。「你確定那些人不是可惡而是可憐嗎？」他說，世界上不需要那麼多像我這種既沒有同情心也沒有同理心的人。

他曾經煞有其事說過，覺得好累，一再被自己無可抑制的同情心給弄得好累，被自己隨時產生的罪惡感弄得筋疲力盡，卻又不知道該如何阻止自己繼續想下去。「想」這個字被用得如此輕易，好像只要不講話，就在想。事情從來不是這樣的。你從來沒有想過任何事，我打算這麼說，你從來不去想一些真正該花心思思考的事，因此你在每一趟飛行都找了一個對象，一位同事、一位旅客、或一個事件，回來後不斷重複對我說，這個人很可憐、那個人很可憐，說大家都不懂為何他覺得難過，說從來沒有人思考過他思考的事情。說大家都沒有在思考。

「你說大家是什麼意思？」我打趣地問。

「你這個研究生怎麼連這個也不懂？」他認真反問。

那你可憐我嗎？我吞回這句話。他不可憐我，但我必須可憐他。他打來的電話，我的下場總是接起來，我打去的電話他沒有接過，直到他下一次打過來，他總是直接切入他想講的話題，像是我從來沒有撥過任何電話。我是身負照護義務的父母，而他就是可以無理取鬧的小孩。唯獨我們大可輕易變回陌生人。

「為了感謝你聽我練習，說吧，你有什麼以前後悔沒做的事情，要不要我幫你做？」

「為什麼？」

「因為我在過去啊。」這時候我聽到他一邊刷牙漱口。

「哪裡？」

「我在過去啊，我現在是你的過去的人，所以有什麼後悔沒做的事情，快點跟我說，我很忙的。」

昨日和今日並存在洛杉磯和台北，我沒有足夠的速度突破空間的限制到達過去，阻止回覆他突來的陌生訊息的自己。

「等到你有能力抹消已經做過的事情，再來跟我說吧。」我笑著回答。

■

兩個人之間的書信往來得以繼續，中間需要投注多少信任呢？相信對方能夠讀得懂彼此的信件，相信彼此的回信都可以再促成下一封回信。拉康的說法會是，信永遠寄不到，一如欲望永遠都是一個缺口；一個缺口用另一個缺口繼續填補，一封信以另一封信回覆。而回信的目的究竟在於終止信件的來回，還是為了引逗下一封信的寄送。因此，各種形式的對話都是一種書信，而對話的兩造可能不知不覺之中，把回信當作一種必然。又或是把回信當作一種道德上該盡的義務。

德勒茲和瓜達希反過來，把欲望視作一種豐盈，欲望不是一個洞，而是一個被稱之為「欲望機器」的運作能量（是的，與其說是一種機制或機器，不如說是一種能量場域），不斷創造連結。因此《反伊底帕斯》裡頭提出的「精神分裂分析」在精神的假設自然而然與精神分析的「欲望空洞」之假設打對台。顯然德勒茲與瓜達希無意於鼓吹精神分裂之好，轉而重視「精神分裂」於「精神」之人格創造的能量。

但是當德勒茲與瓜達希以書信為主體進行《反伊底帕斯》的寫作時，他們是不是必須把自己放進一種，類似於心理學的「自動書寫」的狀態裡，好讓理論的、哲學的語言以創造的姿態流淌而出呢？（而創作和理論總是聽起來如此相悖。）又或者，他們像是對著彼此耳語，又同時把耳語抄寫下來；但因為同時耳語的當下聽到的不知道是自己的還是對方的聲音，寫下來的，也不知道是誰的語言。

啊，豈不是柏拉圖與蘇格拉底嗎？

這一對比德勒茲和瓜達希的年代早了兩千三百年的哲學組合，是如此被十三世紀的插畫家馬修．帕理斯（Matthew Paris）呈現的：「蘇格拉底，那位書寫者——坐著、彎著腰，一位抄寫員或是一位順服的謄寫員，柏拉圖的祕書，不是嗎？他在柏拉圖前面，不，柏拉圖在他後面，比較小（為何比較小？）但是站著。」

我們只能透過柏拉圖閱讀蘇格拉底的話語，但是馬修．帕理斯的插畫卻顛覆了說話者與抄寫者的位置，讓蘇格拉底書寫、讓柏拉圖說話。更直接一點解讀的話，便是柏拉圖透過自己的文字書寫蘇格拉底的話語，於是這個話語和書寫的過程看似由蘇格拉底傳遞至柏拉圖，其實必須要再退一步由柏拉圖出發、經過蘇格拉底、又回到柏拉圖。於是原本看似線性、單向的話語傳遞，變成了更像是一種無限增生的、彼此相切於同一點的圓圈，而每一個圓圈便是每一次被記載下來的文字以及聽不到的話語。在圓圈上頭彼此共舞的柏拉圖和蘇格拉底，你來我往的，透過柏拉圖的筆書寫哲學語言。

但是真正的在歷史裡頭被蘇格拉底說出來的話語，早就是不可能被再現的話語了。蘇格拉底就是這麼一位，話講出來只被柏拉圖聽到的人。像是個大家都知道信被寄丟，但是只能靠僅存的回信來了解原信的人。

馬修．帕理斯的畫想表達的，就是一種書信模式的真相，真相就是「不可能」。但是這種不可能，可以看作是一種包圍空洞的不可能，也可以看作是一種充滿創造性的不可能。而「包圍空洞」，為了填補空洞而必須不斷不斷增生的延伸之物，一如必須要一再進行的書寫或是談話，都只是一再暴露了語言本身存在的結構裡頭，永遠都有一個空洞存在。這是與德勒茲和瓜達希同時期的後結構主義學者雅各·德希達（Jacques Derrida）所提出的基本結構：一個語言以空洞為中心，向外發散卻又只是將空洞越補越大的結構。

不知道德勒茲與瓜達希會怎麼看待柏拉圖和蘇格拉底呢？在他們的哲學裡頭，是不是早就有了個「柏拉圖－蘇格拉底」連結呢？

當他們交換著彼此的來信時，交換著彼此的交談時，他們寫著他們。他們被這樣形容：兩人便是群眾。對我而言，這個群眾至少包含了——

■

空服員在客艙空間裡頭的時間，可以打趣地說，總是「沒有時間」。然而這種「沒有時間」，又可以區分成三種「沒有時間」的模式。

其一為傳統的線性時間觀。意即，依照時間前後關係（過去、現在、未來）而排列出來的鐘錶時間「刻度」，以及藉由此時間刻度所表現之時間感受。由於空服員的工作一大部分屬於勞力密度高的勞動（特此強調「密度」，在於空服員常常必須短時間內完成既定的服務流程，並非指勞動量特別龐大），因此與時間的拉鋸常常顯得格外緊繃。因此此種「沒有時間」係指一種忙碌之狀態，與時間刻度的跳動彼此競爭，但是其實行為受限於鐘錶時間之刻度。

其二為建基於時間刻度上的時間「準度」。「沒有時間」此時已把時間物化，成為可以擁有之物。所謂「準度」即指刻度時間開始產生「誤差」。此處「誤差」並非指時間鐘錶對時之不準確，而在於對空服員（或是所有跨時區移動的身體）而言，身體感官與原本習慣的時間模式已經不完全同步所致。因此「準確」與否，在於其是否能讓身體（生理和心理）校準於原先慣以為常的時間行進方式。因此平常習慣熬夜的身體不能被說是「準度」之「失準」，意即，不能被稱之為此種「沒有時間」，因為其身體原本與時間的校準模式並未改變。而這種「沒有時間」，便是「時差」開始出現的線索。

由於時差之成立必須同時存在兩種刻度／線性時間（時差即為一種失準的刻度時間），為了避免兩種時間共存造成時間刻度感受的錯亂，空服員之慣常時間模式便以台灣當地時間為主，一如約定之輪休時間或是送餐開始時間。但是即便在形式上遵循特定之刻度時間，其造成之效果也早已作用於身體上，而這種時間失準的「沒有時間」，法國後結構主義代表人物之一的雅各．德希達在《郵寄》一書中，便以一陣狂人囈語描述兩個時區並存的狀態：「而且你你是我的所有時間你把自己所有時間給了我尤其當你不在那兒你在這兒無所不在而我為你在你身上到處在你裡面哭泣。」正因為「沒有時間」之「失準」，因此引文中之「你」和「我」所處之不同時區，試圖被擺放在一起的後果，看似迷離混亂，實為兩者交錯共存卻又格格不入。

而真正具備開創力量的一種空服員和時間的連結，則必須要將「身體」給「時間化」。此處指的時間便不再是鐘錶時間的「刻度」，亦非一種刻度時間錯亂的「準度」之「失準」，而是透過時間的「強度」而展開的時間連結。意即，身體即為「空服員－客艙」的時間強度表現。在此，身體與時間兩個看似完全不相干的兩造，身體和時間之解畛域化開創出唯有在客艙才可能創生而出的時間強度。這種「身體」與「時間」之連結，便為一種強度開展的「沒有－時間」。

「沒有－時間」並非時間之缺席，反之，實為時間和身體解畛域化之時間強度。但是空服員的身體以及客艙之間的「開創性連結」，如何能透過德勒茲與瓜達希所發展之「解畛域化」之理論，在客艙這個看似與地面世界無涉的空間裡頭，因為飛行而促發生成的「飛行／逃逸」（Flight），成為最具有創造能量的「未定場域」（Zone of Ambiguity）呢？

但是瓜達希一定也畏懼書寫的力量，因為書寫必然的命運就是再現。而再現又如此不可信——有時候因為那並非真實，有時候因為那太過真實。但是真實也是個空洞，有時候怎麼面對這個空洞只是個方向的問題：向裡、向外。而空洞是靈魂的一部分，空洞裡頭存在的便是混合著崇仰和恐懼的，被稱之為欲望的東西。

偏偏，不只他和德勒茲，連同拉康、德希達，以及之後的許許多多理論家，試圖用語言包圍的，都是不可再現之物。在一個越來越接近科技突破性發展的世紀之交，文字往越發不可理解的領域跋涉而去；我們能不能說，當文字在影像（相機、攝影機、手機）越來越發達的年代，直到現在所有人都可以變成影像的產製者時，一些原本看似難以用言語表達的事物、一些以往只能透過書寫來表達的（如「自我」），當今儼然轉化成影像主掌的範疇，文字的工作就剩下最難再現的、當代理論不斷試圖挑弄觸摸的「不可再現」之物了？

那麼，語言的表達究竟變得更容易還是更困難了呢？這個問題追根究柢，書寫的力量變強了，還是變弱了呢？又或是，自古以來語言就是個作繭自縛的存在呢，越寫越多，卻越寫越無法企及？

但是語言擁有的力量裡頭，包含駕馭時間的能力。語言是波動。而行為（或稱之為行動），是負責傳遞波動的運動分子。但是波動必須同時具備分子以及分子的運動才能傳遞。德勒茲崇仰於瓜達希的激進行為，而瓜達希恐懼德勒茲的文字能力（「不能再繼續追逐德勒茲的形象……」）。在哲學的場域裡頭唯有站得住文字舞台的人才能起舞，「德勒茲－瓜達希」的連結是不是個不平衡的連結？瓜達希是否因為書寫而被迫正視這種恐懼和崇仰的混合？這是不是一種透過語言而再現，並且施加在生理和心理的作用力呢？

這種作用力，能否稱之為「迷戀」呢？即便是最生冷的語言，一如理論的語言，也都是迷戀。

蘇格拉底和柏拉圖，像不像共同寫著情書的一對戀人？

德勒茲和瓜達希，像不像共同寫著情書的一對戀人？

聽故事和寫故事的人，像不像共同寫著情書的一對戀人？

（而寫情書的人最孤獨，因為寫情書的人總是在由兩人構成的群眾裡頭孤獨……）

然而，「魔幻」與「飛行」是否必然決定了一種普遍想像的飛行浪漫？要是「生活」出現在「飛行」裡頭，「飛行」是否就不是「飛行」了呢？

「所以，姐就跟我約好，希望我們五年後不要在飛機上遇到對方。」

「那也要你真的知道接下來要做什麼才行吧。」

「我才不會飛一輩子。」

「你知道，講這種話的人通常最後就會飛一輩子。」

「姐其實飛得很辛苦，她說她有好幾次被客人性騷擾但是最後都只能不了了之。」

「你們公司沒有管道申訴嗎？」

「有，但是她說她當時還太資淺。」

「所以她選擇忍下來？」

「她怕自己丟了工作啊。你以為申訴那麼簡單嗎？大家都不想要進辦公室，當然躲越遠越好啊。」

「即使是像遇到性騷擾這種嚴重的事？」

「沒辦法，為了工作。」

「所以一再被客人騷擾也沒關係？」

「不都跟你說了，姐想要存錢出國唸書，所以工作方面只要還忍得過去她都可以忍嗎？」

「我只是不懂為何不直接跟公司申訴，然後把那個客人列進禁飛名單就好。」

「我們可是在職場打滾的人，哪像你有學校的保護傘。」他自豪地說。

「是誰一直說自己在飛機上總是最得人疼、最受姐姐們照顧的？」於是我決定這天的對話就到此結束。

浪費了那段時間，放任自己著迷於他恍如白紙的一切。現在才知道這種白，是不透明的白，吞噬所有雜亂不堪的黑暗在裡面。然後他選擇被保護，無條件被保護，用看起來最脆弱的外表與內在，獵捕所有內心空洞的人。只因他的臉龐有種水珠般的剔透，最容易吸附身邊最髒亂的、細微得幾乎看不見的事物。我透過手機螢幕看著他的時候看不見那個被困在裡頭、倒過來的自己。但是被保護的人永遠最可憐不是嗎？我選擇不保護他，於是我理所當然成為旁觀的冷血動物。我為自己的殘忍感到羞愧。我為自己無從反抗這股羞愧而厭惡自己。當我試圖掙脫這一股空洞，才發現自己未必真的想要保護誰。像是眼睛必須先習慣黑暗，才能從黑暗中逃離。逃離之後，才知道原來自己早就不那麼厭惡黑暗。

但我也不厭惡自己的生活。一週九學分的課，不多不少，平均每門課每個禮拜的閱讀分量，五十頁到一百頁不等；有的時候可能也只有二十來頁，但通常會是難度非常高的文本。簡言之，非多即難。拉康。德希達。德勒茲。諸如此類。常常一打開書，就必須坐上三、四個小時才有辦法告一段落。其中很多時間，包含望著圖書館裡來來往往的學生，或是望著窗外的時間。換氣。從綿密的英文字浪裡，探頭深吸一口氣，再埋頭沉潛。校園有時候與我無關，因為我只會待在圖書館和教室裡頭。其他地方發生的青春和熱血或苦痛，已與我無關。

我還得想著，當我面對那些猛獸盯著獵物般的眼神時，該怎麼跟他們冷靜地談論德勒茲。因為總有太多太多的討論，看似申論題，最後卻總像是非題。「這不是德勒茲想說的。」「你是不是沒有讀過他早期的作品？」「如果德勒茲看得到你的報告，他應該會很生氣。」大家都在較勁，讀過法文的德勒茲覺得只能讀英譯版的人先天條件不足；只讀德勒茲的人永遠被認為因為無法精通古典哲學而不夠格解讀所有哲學家；伯格森專家覺得德勒茲通篇歪理因此我講的一切只是建立在歪理上的歪理。而我已不知道自己護衛的，是德勒茲和瓜達希，還是我自己。我不想最終變得招架不住，因為一旦招架不住，我就沒有什麼東西可以倚靠了。

於是我再一次等著手機響起。

什麼都等不到的時候，我透過書寫思念。或是透過思念書寫。

她的美麗故事

她匆匆從商務艙走進經濟艙，想要儘量避開所有旅客的眼神，忘了兩艙之間的簾子沒有拉上。經濟艙旅客從走道望去，可以清楚看見商務艙的模樣：寬敞的座位，螢幕大了好幾倍的個人影視系統，看起來暖和很多的毯子。就這副光景，便足以讓人堅信，商務艙一定是個安靜而美好的地方。她從眼角餘光看到有位先生準備舉手叫她，但她裝作什麼都沒看見。而她的確什麼都看不清了；眼珠子含著淚水，深怕步伐再遲一點，就要在客人面前落淚。一切還能更糟嗎？

她腦中各種聲響層層交疊：總是有客艙裡隱形著震耳欲聾的飛機引擎聲當作背景。不久前，機長廣播，飛機朝台北下降，大約再半個小時就會到達台北。從香港飛到台北不過一小時又二十分鐘，A330客機的經濟艙旅客，全滿一共二七七人。她身為最資淺的組員，除了例行的送餐之外，還得負責免稅品的售賣。在推出免稅品車以前，她必須把旅客事先在網路上預定的商品送到旅客手上，刷卡結清帳款。東西若沒能賣出去，或是帳款沒能結清，帳只會落在她頭上，責無旁貸。

她才剛結束地面訓練一個半月，距離成為正式空服員還有一個半月。路走到一半，如履薄冰，在客艙內送出的每一份餐點、餐點附上的每一塊麵包，她都視為工作過程中至高關鍵的環節。不敢送錯任何一份餐，不敢弄掉任何一塊麵包。任何一點誤收關自己薪水的免稅品，她更是步步為營，深怕結錯帳、刷錯商品。任何一點誤差，不消多久就會收到公司通知帳款異常，而且公司總會先一步把錯帳的差額從她戶頭裡扣去。至於釐清問題，如賣錯了什麼或少收了哪些錢，都是她下班後抽空到會計部辦公室才能搞清楚的事。即使最後發現錯帳的原因可能只是公司網頁價錢標錯，戶頭被莫須有的罪名給削去的那些存款，也還是得等到下個月才能補回，才算「洗刷冤屈」。

在香港這樣短暫而忙碌的航班，常常餐點還沒收完，機長就已經廣播了。這次或許大家動作快，趕在機長廣播向旅客問候前，餐點已收得差不多。眼看還有兩份網路預訂商品要賣出，又有那些早在登機就詢問免稅品的客人們虎視眈眈，飛機落地前的工作密度讓她光想到就難以喘息。餐車還沒推進洞，同車比較資深的同事就要她趕緊去賣那兩樣商品：「小妹，妳快去把那兩個東西賣掉，其他經濟艙的免稅品我拿雜誌幫妳問一圈就好。」46A和9K，兩個天南地北的位置，坐落在經濟艙的兩個斜對角上。兩位客人都訂了酒，兩瓶同時拎在手臂上讓她活脫脫成為經濟艙裡的移動人形障礙。此時旅客酒足飯飽，紛紛起身到廁所去，窄小的走道被堵住，她寸步難行。她一路從後面廚房連同商品帶到46A結了帳，又鑽過進出的人潮終於到了經濟艙前面廚房附近的9K。

沒想到路途竟然如此遙遠。她感受到汗水就要竄出毛孔——從臉上，汗水穿過她提早搭車時間兩個小時起床化好的妝：洗臉，化妝水，隔離霜，粉底液，粉餅，睫毛膏，眼線，口紅。她感受到原先親密貼附在臉上的化妝品一層又一層因身體發出的熱氣而消融，消融混雜卻又一層一層剝離肌膚。從頭皮上，熱氣穿過毛囊，沿著她一早盤起馬尾後繞了一圈又一圈、束進髮網的包頭，朝外發散，這股熱氣發散的力道與她費盡力氣紮好的頭髮相互拉扯，但是有些被噴膠阻擋的熱氣又往內彈回，回到頭皮、甚至又穿過頭皮，在腦海裡循環盤繞。當她終於來到9K先生的面前，左手因為裝酒提袋的壓迫，手指頭早已發紅泛紫。她按捺著微微發抖的手，準備把商品交給客人。

——各位先生女士，大家午安，這是機長來自駕駛艙的廣播——

「林先生您好，請問您是不是在網路上預訂了一瓶酒呢？」

——再過幾分鐘，我們就要朝台北下降。現在請您回到座位，並且繫好安全

帶。──

林先生一語不發，上下打量她一番，才微笑說了聲「是」。

──根據氣象預報，台北目前天氣是晴天，地面溫度攝氏三十度。預計抵達台北的時間是當地時間中午十二點十分。──

「林先生，麻煩您確認一下商品是否有誤。也麻煩要跟您借一下您的信用卡。」

──感謝您搭乘本航空班機，我們希望很快有機會能再度為您服務。──

林先生的眼光似乎仍駐留在她身上，此時制服的布料貼著肌膚，聚酯纖維和棉混紡的質料好似不斷緊縮，束縛住她的頸、肩、胸、腹、腿。直到把酒交到林先生手上的瞬間，才感受到如釋重負，汗水被機內乾燥的冷空氣吸收，好像又能正常呼吸了。林先生和身旁9H的朋友（朋友還是同事吧？她想。兩人都穿著西裝，大概是出差回來。）聊了一下剛交到手上的酒，才把酒收到座位上方行李櫃。

把帳款放進圍裙裡收好，回到廚房，資深同事要她趕緊趁落地前吃點東西。這時客艙電話響起，是經理要她到前面廚房去，說是「有事情要請教」。

「姐，經理有事情要我去前面找她，可以先幫我把餐留著嗎，我回來再吃。」

■

「經理，請問有什麼事情嗎？」

當她走進商務艙廚房時，經理正跟其他資深組員用餐聊天。經理坐得直挺挺的，手上捧的商務艙的餐點似乎比送到經濟艙的組員餐點來得高級。雖然，大家吃的都是商務艙客人挑完後剩下的餐點選擇。用餐地點不同，連同餐點本身的味道都會變得不一樣吧，這個道理即使在飛機上，也成立。經理將所有頭髮往後梳成一個大包頭，口紅十足飽滿的紅色，可以瞧見她連用餐時都很注意口紅是否掉色。

「小妹，你們事情做完了嗎？」經理把餐點放到一旁工作檯面上，優雅地是交叉雙手，雙眼直視著她。

「經理，我剛剛賣完網路預訂商品，其他姐幫我用免稅雜誌走過一圈，沒有客人Order。」

「妳為什麼沒有推車出來？」

「經理，我當時還在賣……」

「妳為什麼沒有推車出來！是誰說妳車子可以不用出來？」

「經理，對不起。」

「對不起？我問妳，車子怎麼沒有推出來？誰叫妳不用推車出來的？回答我啊。」

她的腦子一片空白。不知道是經理一番問話，還是飛機聲音真的太吵，震耳的聲音讓她頓時耳鳴。不能讓姐姐的好心幫忙成為她遁逃的藉口。不能隨便頂嘴，不能在這個時候。一個半月的時間，一個班又一個班飛去又飛來，制服再穿上十次左右，她就是正式空服員了，領的是全薪，自力更生的日子，成為大人的日子，都會是她的。她在驚惶中還依稀記得，空服員手冊裡頭有規定機長廣播之後，基於安全考量，免稅品的車子不能推出來。但是她不敢太相信自己的記憶力，更不敢在這當下對經理吐出「手冊」這兩個字——難道經理會比她更不清楚嗎？她還那麼資淺……

「還那麼資淺就知道怎麼偷懶了啊？」經理冷笑問道。

「經理，我沒有……」她看著經理那充滿幹練的笑容和過濃的妝容，心想，自己的空服員生涯就要栽在這趟快去快回的香港班了嗎？

「你們資淺的都一個樣。SOP上面有說這個班可以不用出車嗎？」

「經理，沒有。」

「那妳還在這裡幹嘛？」

■

她噙下差點從眼角竄出的眼淚，這才意識到起飛以來她連喝一口水的時間都沒有。商務艙廚房到經濟艙後面的廚房，這好長一段路，途中排隊上廁所的客人已經比剛才少很多，但是仍無法讓她立刻躲進去好好冷靜。她回到廚房看到自己還沒吃完的餐點還安好在那兒，自己卻一點胃口也沒有。身旁的同事瞧她臉色不對勁，紛紛關切之餘，她只向同事說：「經理要我推免稅車出去。」

她和陪賣的同事兩人幾乎不發一語，推著車子繞過經濟艙一圈。車子隨著飛機傾斜角度的改變，有時壓在她身上，有時又像脫韁野馬般離她而去。免稅車或許從來也不是一台車，而是一種情人的隱喻吧，她自我解嘲著——想著男友可能還在賴床，或是可能已經出門（但是出門去哪，會不會跟誰有約，會不會是跟哪個她不認識的女生出門呢），想著再忍一下就下班，方才經理的一頓責罵，好像也沒什麼大不了的。

經過9K的林先生時，他遞了張紙條給她：「我可以認識妳嗎？」她驚訝看了林先生一眼，但是西裝筆挺的林先生卻若無其事地繼續和隔壁同行的另一位先生談話。料是資深的同車同事一眼看穿紙條的內容了，她們把車子推回廚房時，同事笑著揶揄了一句，「小妹，行情很好噢。」她仍然不知道該怎麼處理機上旅客突來的青睞，這已經不是第一次了。一起受訓的同學總愛叫她「發電機」，她不知道這到底是讚美還是嘲弄。或許客人看她一副傻大姐模樣，很好欺負的樣子。

但截至目前為止，面對旅客突來的好感，她從來沒有喜歡過。不是因為她把旅客當作市場裡的野菜或鮮肉那樣，等著挑到自己中意的，而是因為那種生活節奏被入侵的不適，那種「異物感」。那是生活人際網絡在高空中的真空狀態下，被挹注了一絲情感的羈絆，突來的連結。真空狀態，在於機門一關上的瞬間，地面上所有的人際關係就不再流動，而這身而為人所具備的情感流動頓時暫停，恍如永恆的結晶，又恍如萬劫不復的深淵。她知道，空服員和旅客之間的關係，是建立在這股真空之上的平衡。不允許一點點空氣滲入的平衡，失壓的人際關係，「雞肉飯或是牛肉麵」、「給我一杯溫開水」便足矣的你和我，空服員的出現是旅客生命中突來的，鑲嵌的存在，活動的人形模特兒。或許她比誰都適合這份工作，只因她清楚知道，一切都只是鑲嵌的邏輯：怒氣，哀傷，或是錯亂迷離的、偽裝萌芽的情感。不把什麼心理的負擔帶下飛機。有什麼在飛機上被鑲嵌了，隨著機門的開啟，又被拆掉了，真正的生活才又繼續。

「我可以認識妳嗎？」

紙條上的文字串成了一把刀，意圖劃破這股真空。若真的劃破了，只會導致失壓，生活的一切都會下墜，天空落到地面，地面的呢，落下去就是地獄了嗎？

她的腦子脹脹的，今天一次來太多狀況了，平常不都是送送餐，賣個免稅品就沒事了嗎？距離表定落地時間約莫剩下十五分鐘，經理透過客艙廣播下令「Cabin crew complete safety check」，大家急忙把吃到一半的餐點收進餐車裡，便進到客艙。確定行李櫃確實關上、遮陽板拉開、個人行李收進前方座位底下、扶手放下，當然，安全帶繫妥。這些都做完之後，她就能回到機尾巴的組員座位，等著飛機降落。

雖然是最資淺的組員的位子，隔壁通常會坐著一位比她資深很多的同事，有時候話不投機，難免尷尬，但是和其他要面對客人的座位比起來，這真是個十足隱密的空間。至少，這次她身旁的同事，是個女空服員。她還記得上一次隔壁坐的是一位男空服員，總是靠她非常近。飛機稍微一顛簸，隔壁大哥的手就會一直碰到她。若有似無的肢體碰觸，礙著資深資淺的職場倫理，她總不好意思表現太多嫌惡。就這樣，一次又一次的，似是不小心卡在喉頭的魚骨般，每吞嚥一次就螫喉的那種，無心的碰觸。

她看著窗外，飛機穿過雲層，刺眼的天光被雲層篩過後柔和許多。機身一震，就知道是鼻輪放下了。

——各位貴賓，我們即將降落，請確實繫好您的安全帶。——

這時客艙電話響了，是找她的。

「小妹，妳剛剛是不是有賣給9K一瓶網路訂的酒？」

「姐，對，怎麼了嗎？」

「他說妳好像有贈品沒給他，妳要不要找找看是不是漏在哪裡了？」

「姐，網路預訂的箱子裡頭沒有東西了。」

「不然妳等等落地之後先來跟他說明好了。」

她知道這是那位林先生找她過去的藉口。但是何須如此呢？彼此的生活在飛機落地那刻起，就不應該有瓜葛，各自朝自己該走的方向去了。飛機落地，還在滑行時，她就先解開安全帶，一路往9K的位置走去。身子被飛機搖得一晃一晃的，她必須要一邊扶住客人的椅子才能順利走到林先生身邊。

「妳有看到我的紙條嗎？」

「林先生，謝謝你。但是我現在有穩定交往的對象了。」

「連認識一下都不行嗎？」

「林先生，謝謝。」

林先生手一揮，「那算了，」他的語氣滿是不耐煩，「跟妳要一杯水總可以吧？」

「當然可以。林先生，我馬上為您準備。」

「等一下。」林先生對著身旁同行的人（同事？朋友？她真的看不出來）說，「欸，要來一杯水嗎？空姐倒的喔。」

「空姐的水喔？好啊，來一杯。」同行的先生笑著說。

「來兩杯。然後妳就可以走了。」

不論兩人是朋友還是同事，對她而言，「就是兩個狼狽為奸，披著西裝的野獸」她心裡如此咒罵著，「野獸，野獸，野獸，野獸」。她在廚房裡倒水的同時，又吞了幾口眼淚。這時候不能哭，不能把妝哭花，不能嚇到其他客人。等他們出機門，一切就結束了，就離正式空服員更近一步了。

她迅速把水交給林先生兩人後，倉促往機尾的方向走去。旗袍式的制服約束著她的步伐，她又一次感受到制服那股緊貼身體的張力，胸口、腹部、大腿、小腿腹，為什麼一步又一步往前的同時，制服就不斷緊縮又緊縮，像是許多手掌按壓住她的身體，越甩越緊。而臉上的妝，變得好像一張面具，必須要用笑容撐起來的面具，此時此刻就要在旅客面前崩解碎裂的面具。就在空橋接上飛機時，她剛好坐進自己的位置。她無法好好回應身邊資深同事的關心，雙眼無神盯著客艙內「請繫安全帶」的燈號熄滅。旅客紛紛站起來，擋住她的視線，讓她看不清客艙的全貌。

看不見也無妨，看不見最好。

■

她拆掉髮網，長髮披散在肩上，悉心呵護過的頭髮卻像是缺水的細枝，隨手一搓就會化成灰那般脆弱。浴室抽風機的聲音像是客艙裡潛伏流動的飛機引擎聲，她刻意把水龍頭開到最大，讓流水聲掩蓋過抽風機的喧騷。

世界上沒有比肥皂泡沫更溫柔的事物了，她邊洗手，邊如是感嘆。

也只有自己的手最了解自己。一如化妝棉沾上卸妝水後，無需特別思考，便能靈巧地先是順著眉形，再滑過眼瞼，抹去眉筆和眼線。這是場更日常的，與愛人的日常對話：早餐吃了沒，午餐吃什麼，記得吃晚餐——隔著隱形距離的親暱，注入了生活的愛情化身，手的真諦。手指與嘴脣的碰觸，比起例行公事的親吻更加專注與投入，或許連他都沒有發現過的嘴角的痣，或是上嘴脣的弧度，或是撫摸臉頰一次所需要的時間，隔著化妝棉的質感摩擦著，只有她知道自己最不加掩飾的模樣。她必須要卸下美麗。

她仍然惦記著，受訓的第一天，學員長一進教室，就這樣開場：「空服員是個美麗的工作。」因此完美的妝容，整潔的髮型，末日降臨也堅毅不搖的微笑，甚至身體散發出來的氣味，這些曾經她嗤之以鼻的虛榮之事，都成為工作專業的一部分。在高空中，客艙裡，她必須讓美麗成為前提。但是今天，看著鏡子裡頭卸著妝的自己，她的手勁不知不覺愈來愈大，溽濕著卸妝水的化妝棉，一片又一片，抹過額頭、鼻梁鼻翼、臉頰、嘴脣、下巴，一次再一次。

直到卸妝水刺激到她乾澀的雙眼，刺痛讓人難受時，她這才拆下戴了大半天的隱形眼鏡。而現在，她暫時還不想把眼鏡戴上。

空少・天空

輪休睡不著的時候

感到身體漸漸被組員休息區的床鋪給包覆。身體很沉，眼皮很重，精神卻是脫韁野馬，野得比飛機引擎的轟隆聲更加肆無忌憚。他想起《銀魂》有一回，神樂也受失眠所苦，她說，就算閉上眼，也只是看見一片黑，什麼都看得見。

在這裡，休息區裡，什麼都聽得見。聽見冷氣在吹，感受到身體水分隨著一吸一吐的氣息消失。聽見安全帶指示燈響，等待組員廣播要乘客繫妥安全帶，他閉著眼口中念念有詞：「請繫上安全帶，請繫上安全帶……」這時候能好好感受到自己的身體突然間比平常還要重，但是下一秒又比平常輕。身體失重的一瞬間，身體離開床鋪的一瞬間，身體還沒被安全帶抓住的一瞬間，是不是靈魂脫離身體束縛的瞬間？

聽見隔壁床的同事起身去上廁所，休息區門鎖解開那一聲清脆聲響，門被拉開、客艙那端透進一點光，門關上，然後過一陣子又拉開、關上。聽見安全帶指示燈滅的提醒音。

聽見自己摸黑拿起手機，摩挲摩挲從口袋抽出來，眼睛奮力一眨，螢幕亮得刺眼，時間還是外國的時間，但飛機上大家都講台灣時間。離起床還有兩小時。

很好，大把時間任他躺著揮霍。什麼事都不能多想，特別是睡覺這件事。越是想睡，越是不想睡。

好渴，窩在這小空間裡連喝水都有點蜷縮著身體，吞嚥時感受到那口水經歷過千迴百轉才進到胃裡。但不能喝太多，萬一想上廁所，一臉惺忪，還有可能跟著客人排很久的隊，睡覺時間都沒了。

但反正也睡不著。不如排隊。於是聽到自己又吞一口水。

又一次準備等著被乾燥的空氣喚醒，但前提是必須睡著。接著，時間靜悄悄地，來到輪休結束的那一刻。輪休睡不著的時候，可能是最接近半夢半醒的時候，他後悔沒有好好作夢。

只好，跟客人們道聲親切的早安，引領大家自夢中，如同客艙引領水分離開那樣，離開。

瘋子

胡志明－台北。幾乎全滿的班機，回到台北已經晚上十點多了。依照往例，要能準時回家，幾乎不可能。去程就已經延遲半個多小時了。有的航班打從出發前大家就有一致的默契，知道各種表定起飛降落時間都只是參考數字。最惡名昭彰的，非桃園－上海的來回班莫屬。有的航班則會因為銜接的飛機晚到，導致出發就已經延誤。得知來機晚到幾乎是宣判航班延誤，這時候如果因為任何幸運的緣故回程準時到達，心情會像是對中兩百元的發票那樣，生活多出一點沒有不值得開心的小事，但也僅止於「沒有不值得」的程度。

準點了又如何呢。時間又不會停下來。

「先生，那邊的小姐從上飛機開始就一直不知道在唸什麼，能不能請你處理一下？」

他遠遠就聽到一位中年女子口操流利的台語，聲音忽大忽小，語調像是責備也像是抱怨，對著前面座位的椅背嚷著罵著。她的頭隨著語氣輕重，點著點著的，差點沒撞到前面。旅客紛紛轉過頭來，向空服員投以求救的眼神，但又沒人敢大聲呼救或制止。身為機內唯一的男空服員，他自然而然覺得自己有必要先過去了解狀況。

從客艙尾端看著婦人的背影，她自言自語，講到激動處的時候手對空氣揮舞著，隨著語調抑揚頓挫還不時點著頭。這個景象有點眼熟。看起來是那從來沒有因為鄉村建設成都市而消失的、永遠會在某個角落喃喃自語的身影。而從來沒有人跟他們說過話，所有人為了保護自己和自己所愛的人，不會讓那些喃喃自語的人們接近。

當他戰戰兢兢地向女子走過去，他聽到其他旅客低聲說著「那女人是瘋子嗎？」

「好啊，」她突然大吼，「就做你們自己去玩啊，都一個款，玩自己的，放我在這邊回去啊！幹！」

他皺著眉頭朝女子走去，兩人看到對方時，女子突然沉默不語。

她氣憤地把頭別向另一邊，對著一旁的空氣低語，「男人就是這樣嘛，自己玩得開心啊。放我自己回高雄啊。」

他不知道自己是否該同情這位女士。當其他旅客要求他去「處理」這位婦女時，大家心中預期的結果是什麼呢？「處理」的意思是「趕她下飛機」嗎？

身旁的旅客向他點頭示意，但是此時他完全無法想出任何可能安撫她的話語。他想像著，她必須先熬過這段從胡志明到台北的旅程，然後可能搭著最晚一班車，或可能在桃園或台北過一夜後才回高雄。長夜漫漫，她還很有得罵，對著空無一人或是形同空無一人的客艙或車廂——只要永遠缺了那一個人，空間都是空的——罵著「你們都去玩你們自己的啊」，那是老公還是兒子，還是兩個人一起，還是她的情人呢？想到此，他不由自主難過起來。但是這種同情心從哪裡開始，又能往哪裡去？

他什麼都無法思考地走向那位婦女，直到她轉過頭來，兩人對到眼後，那位婦女變得不發一語。她把眼神別開，保持沉默。這時候倒是他自己顯得不知所措了，於是把眼神投向其他旅客，得到的卻是旅客們用唇語說出的「謝謝」。

他才不要這種感謝。他從來都不要因為讓誰講不出話了而被感謝。

因為他知道，她不是瘋子，她只是很難過而已。很難過、很難過的人，常常都被以為是瘋子。這是他一直，一直都知道的事。

mobile
u.com.my
LOVE LANE
10200 P.PINANG
At the turn of the last century, many shophouses were turned into cheap hotels, making this internationally known tourist strip very popular with backpackers
CHULIA STREET, CORE ZONE, GEORGE TOWN WORLD HERITAGE SITE
Your room is upstairs. Later, if you want a massage, I can do it at a budget rate.
3
SOAP
5
Budget Hotel

布蘭琪

738，小飛機。小到有次商務艙客人一進飛機便怒不可遏，那位小姐對著被商務艙枕頭塞滿一半的置物櫃大聲嚷著，這也太小了，給誰坐啊，上次的飛機沒這麼小啊。她身旁的男伴若無其事把登機箱放進置物櫃，坐到位置上後直愣愣看著窗外。他們沒有對話，也難怪她只好對著置物櫃說話。於是他直到最後才把置物櫃關上，即使她早就在位置上啜飲香檳。

這趟客人不多，全經濟艙大概一半人數爾爾。但是這架飛機只有兩間廁所。比較舊的飛機有三間，比較新的只有兩間。少了一間廁所的飛機因而多出三個客人座位。全滿的時候，排隊等廁所的客人會一路延伸到飛機中間。短一點的航程，從收完餐後直到飛機準備落地，人龍沒有斷過。若非必要，服務流程跑完後他一點都不想要再回到客艙。其他同事也是。因此他們會躲在機尾巴的廚房裡頭，等著飛機落地。但是通常連一口飯的時間也很難偷到，比如像是香港或馬尼拉這類的航班。他偶爾才探出簾子，打斷人龍闖入廁所，檢查衛生紙擦手紙是不是被用到一張不剩。

雖說經濟艙人數大概才一半，飛的地方是相對飛時高的日本富山，使用廁所的客人仍然絡繹不絕。很多人也順便拉開簾子，要一杯水或一杯果汁。然後沒多久，他猜想，客人們就繼續上廁所的輪迴。酒足飯飽的客人們。生活衣食無虞的人們。在飛機上，真正必須提供給客人的，大概是這樣的想像：吃什麼，該有的都要有。想睡的，飛機上有眼罩耳塞；不想睡的，飛機上會放電影，也提供報紙、雜誌，種種關於生活的：心靈的生理的，一應俱全。他對於空服員的定位，漸漸不是身為空服員的一個「人」，而是身為客艙裡頭維持生活運作的一種看不見的運轉機制。需要保持微笑，是為了卸下客人對於陌生人的心防，好讓客人順利接納客艙裡頭無聲運作的生活起伏，讓客人進食，讓客人睡眠，讓客人活得很好很開心，不管他們飛向幸福或煩惱。

他是視而不見的旁觀者。他跟著客艙裡頭的生活劇場運作。他跟著客人在飛機起飛的時候擱置生活，然後創造生活。他知道即便自己就要被斬首示眾，那首級上頭的表情也絕對不能不是笑容，死撐著，也不能表現出自己有多辛苦。所以在小飛機，他真的寧可在機尾巴的廚房裡頭窩著。所謂工作人員休息區，或是生活劇場的運轉樞紐，這裡有咖啡和茶，有許多飲料，有餐點有烤箱，空服員是一群被經過的檯面，但這是哪裡來的要求呢，必須要是體面的檯面。被經過，也要優雅。檯面上擺滿食物，任君取用。

機門上小小的觀景窗，透進來的陽光太刺眼。一位女士突然拉開簾子，拿著保溫瓶，說是要些溫水。她說，「等你們比較不忙的時候再幫我裝就好。」

這是一句格外貼心的話，但是在那當下聽起來偏偏像是諷刺。因為他和同事們一點都不忙。一點都不忙了。她靜靜看著他拿了保溫瓶裝水。這時身旁同事突然咳了幾聲嗽。女士突然對同事問道，「感冒還沒好嗎？」

同事一臉困惑，「只是剛好咳嗽而已。」那位女士說，「要保重啊。」

他覺得好像做了什麼壞事被抓到。但是他沒有做任何壞事。至少法律上沒有觸法。更像是被拆穿謊言，但是他並不認識這一位女士。同事中沒有人認識她。但是她這樣說出一句話，「要保重啊」，但是沒有人需要保重什麼。他覺得身為空服員不需要被客人說什麼「要小心」、「要保重」之類的話。這樣只會擾亂秩序。他覺得赤裸，因為空服員在客艙裡頭沒有身體——不會、不應該被客人發現有身體。空服員，只能在兩者中擇一：沒有身體，或是只有器官四肢之類——臉上的眼睛鼻子嘴巴、胸、手臂、腿、臀。這些都不是身體。

在困惑以及隨之而來無端的羞愧惱怒之中，他心想，沒有人需要妳的關心。

但是他又對於陌生人無私給予的這一句話感到沒有來由的懷念。仔細一想，隔天又要飛香港了，全客艙大概又會有一半以上的人視你為無物，更甚者，是低下的仇人。

那麼陌生女士這句話，即使不是對他說，他也自私地聽進耳裡，決定暫且保存，直到明天飛完香港為止。

傲慢與偏見

It is a truth universally acknowledged, that an LA flight in possession of a majority of senior passengers must be in want of a doctor.

這只是一種打趣的說法，必須說，這個玩笑裡頭暗藏了一點讓人不舒服的歧視意味。但是珍．奧斯汀在《傲慢與偏見》那句著名的開場，其實也充滿戲謔不是嗎。（這世界上仍然存在的，說來總是老套的歧視對象，一種是女性，另一種是老人，當然另外還有非異性戀以及身體殘疾者。他幾乎是冷眼旁觀這一切，冷靜著憤憤不平。）

不同航班遇到的不同同事常不約而同這樣形容洛杉磯的航班：「L. A.每次都一堆越南人啊，又很多老人，一天到晚在叫醫生，沒有轉降就很不錯了啦。」

對於機上越南旅客的印象，或許是因為語言不通（連英文也無法溝通），他常常覺得他們在客艙內以一種習以為常的孤苦伶仃游移在走道上，尋找廁所，討一杯水，或是，隨便點一份餐。他們常常兩眼惺忪無神，見到空服員便說話，但是大家都聽不懂。有時候他們會心領神會地一笑置之，有時候會不斷講下去。要是機上恰好有越南籍的組員，她通常是全組裡頭最為忙碌的一位，不只要完成分內的工作，又得身兼翻譯。比如說，一位最資淺的越籍組員要負責免稅品販售，好不容易把訂單都處理完了，挨餓好久終於可以準備圖口飯吃時，「姐姐，Can you help me translate？」然後她就得回到客艙擔任溝通橋梁。這一次的越南組員就是如此忙碌。

一時間他想不起來自己到底飛過多少次洛杉磯，但是遇到要叫醫生的狀況，這回，倒是頭一遭。

事情發生在第一頓餐送完，客艙關燈之後。組員們紛紛拿出在台北準備好的糧食，大家七嘴八舌討論彼此的便當和飲料，以及滿心期待輪休時間的來臨時，一位越南年輕男子拉開廚房隔簾，劈頭用英文問道：「你們有高血壓的藥嗎？我父親現在不舒服想要吃藥。」

「先生，我們無法主動提供藥物給您，即便要讓您使用機內備份的藥物，也要有醫生同意才行。」

「這樣啊？」他反問。

「您父親坐在哪裡，方便我們過去看個狀況嗎？」

男子領著代理事務長（之所以稱為代理，是因為這一趟航班沒有事務長，而是由一位比較資深的組員擔任事務長的職務，實屬吃力不討好），他與越籍組員跟隨在後面。男子的父親癱坐在座位上，難掩倦容。一旁的妻子則是看著電影，這個月新上了《越來越愛你》，放眼望去許多人都在看這部，盛況空前，一如前幾個月《你的名字》剛上飛機影視系統那樣。妻子看得津津有味。

「先生，如果您希望叫醫生的話，我們可以為您做廣播。」

「飛機上沒有隨機醫生？」男子滿臉不可置信。

他按捺著性子，簡短回答他：「沒有。」

「那就叫醫生去吧。」男子手一揮，便轉身向老父談話。

妻子的臉被螢幕的強光映得一閃一閃的，她已經沉醉在電影裡頭的歌舞世界中。

不久，機內廣播尋求醫生協助，果然來了兩位醫生。「大哥，你先回去把廚房收好，打廚房辛苦了。」代理事務長對他說。

返回廚房的路上，一位中國中年婦人把他叫住。

「先生，您這座位組的安全帶我不會用啊。」她的位置是親子臥艙，是一排把腳靠墊升起來之後，椅子就搖身一變成為床鋪的座位組。唯獨麻煩在於其安全帶設計和其他座位有些許不同，目的是為了讓客人在躺著的姿勢也可以受到安全帶保護，不用特別坐起來。當然，要能使用這組安全帶，旅客必須事先花錢訂購。

他一時失去耐性，在座位袋裡頭找到安全帶使用說明卡，向她丟了一句：「小姐，這上面都有說明了，麻煩您照著這個做就可以。」一來是因為他心急想要回廚房，二來是因為他自己也沒有認真看過使用說明，心裡怕一折騰下去沒完沒了。何況，飛機上的大媽們，總是愛問東問西，順便也會要這個要那個，他如此想著。

婦女口中念念有詞，「我就是看不懂這個呀……」但他裝作沒聽到，頭也不回就離開。

直到他終於走到廚房，準備拉開簾子時，總覺得心裡有點疙瘩，又回頭過去到婦女那兒。「小姐，方便跟您借一下使用說明卡嗎？」

就在他一邊理解安全帶的使用方式（雖然明明受訓時都有說明過）、一邊操作時，那位婦女問道：「剛才飛機上叫醫生，是不是前面那位客人身體不舒服？」她指著越南一家人的方向，這時醫生正戴著聽診器一邊問診。

「是啊，說是高血壓來著。」

「那他現在還好嗎？」

「醫生已經掌握情形了，我想應該是沒問題了。」

婦女思索一陣，「如果他需要躺下來的話，我這個座位可以讓給他，隨時跟我說一聲就可以欸。」

■

第一組輪休的組員紛紛進到組員休息區，他在這一段航程則是先留守客艙，後段休息。這時候越南籍一家人已經在經理同意下被帶到更高的艙等去，位置比較寬廣舒適，兩位醫生則是每半個小時關心他們一次，聽說是替那位老父按摩手腳、量血壓。他在黑暗的客艙中看著客人們模糊的臉龐，有的人電影還放著就睡著了，螢幕亮光也是一閃一閃的，跟方才那位妻子的若無其事的臉龐一樣。

總覺得不走動一下自己也要睡著了。他經過那位中國籍婦人的座位，看到她躺著，睡得正安穩。見到這一幕，他既覺得安心，又覺得，有那麼一點難過。

這時，一位越南年長客人，以極為緩慢的步伐走向廁所，似乎摸遍廁所門板上下，怎麼也不知道如何開門。當他準備前去幫忙時，越南姐姐已經到客人身邊，把門打開。廁所燈光透出來，照進客艙，隨著門板關上，客艙又回到那既黑暗又寂靜的，比擬永夜的孤寂了。

登機證

舊金山—台北。十二個小時又二十分。幾乎全滿的航班。

客人登機，通常會讓輪椅旅客先上飛機。往返美加的航班常常載到印度和越南旅客，這代表輪椅旅客的數量不會太少。這一次總共十二位輪椅旅客，已經算是非常客氣的數字。由於輪椅旅客上飛機之後，空服員必須為輪椅旅客進行簡報說明，內容如緊急出口位置、廁所位置和緊急逃生相關的資訊，所以旅客登機時，大家都會到登機門處，等待輪椅推到機邊，然後一個個引領旅客到座位上。

然而很多時候，組員即使口沫橫飛地說明，用盡一切肢體語言表達，簡報似乎也只是徒勞。印度人聽不懂英文。越南人聽不懂英文。

反正，他心想，為數眾多的輪椅旅客之中，也有非常多人到達目的地之後，雙腳就會自動痊癒，踏出客艙健步如飛。同事曾經戲稱說，執行這樣航班的飛機就叫作「復健機」。或許大部分的輪椅旅客根本不需要這樣一個個說明，什麼門在哪廁所在哪的，反正，該用到腳的時候，腳自然就能跑能跳。人的活命本能。

輪椅旅客聽不懂，組員們其實講到最後，也不知道自己在進行怎樣的溝通。旅客可能覺得空服員在說你好歡迎登機，但是其實組員在講的都是攸關性命的大事。有時候他心裡只能嘆口氣，這些形式上的簡報，最終也包覆不了生死大事。但是大部分的時候，輪椅旅客們就這樣投以微笑。然後表情上頭什麼也沒寫，等待著飛機起飛。

還這樣想著，第一位輪椅旅客已經在機邊等待登機。這位印度阿姨手捧著滿載的大肩包、腿上放著大過她半個身體的行李袋。厚沉沉的，他接過來的時候還差點站不穩的程度。引著印度阿姨踏進客艙，但是卻不知道她坐在哪裡。他對著印度阿姨說，能否借看您的登機證，但是阿姨用印度話回了一大串。他聽得懂的部分只有「Bag」跟「No English」。

印度文的聲音是蓋著布的丘陵地。他聽到的是突然起霧的早晨丘陵地。除了「No English」和「Bag」之外。

印度阿姨說得焦急。他眼看後頭已經排滿準備登機的人龍，只因他們擋在走道中間而無法進到客艙，心裡也同樣慌張。「Boarding pass.」，他說，一邊比劃著小長方形的輪廓。「I need to know your seat.」他說。然後又是一片迷濛的印度文。印度阿姨一邊試圖拉走他手上的大行李袋，又一邊試圖把行李袋推到他手裡。他無法理解這樣一來一往的用意何在。那串話語裡頭不時出現的「Bag」，莫非是要他把行李袋找個地方放好嗎？他說，「Yes, so I need to know where your seat is.」他甚至不知道自己為何先說了「Yes」。他根本聽不懂。事務長說，不然把旅客艙單拿出來找看看小姐的位置在哪裡，但是放眼望去一片形狀相仿的印度名字，他怎麼也不知道眼前這位印度阿姨是哪一位。

這時另一位輪椅旅客走過來。是一位越南阿姨。她拿著自己的登機證，用越南話跟印度阿姨說，「他要的是這個。」

他其實根本聽不懂越南阿姨說的是什麼。越南文是後浪圓滾滾推著前浪。

這時候印度阿姨開始翻找她的長夾。他終於在護照裡頭找到登機證。

「Follow me.」他向印度阿姨說，一邊向越南阿姨道謝。

他扛著行李袋，像是帶著迷途孩童那樣，終於替印度阿姨找到座位。

■

近乎客滿的班機。印度阿姨一直抱著那飽滿的肩包，不知道裡頭到底裝了些什麼。料想飛機內的個人影視系統多麼新穎，影片多麼精彩，她也不知道怎麼看，或是該看些什麼吧。而她的確就抱著肩包睡睡醒醒的，偶爾被突然打開的電視螢幕強烈的背光給閃醒。

他想到自己能做的，大概也只能趁著走咖啡茶時，多給她一些糖和奶精。印度班他飛過，客人都嗜甜，糖包常常必須來回補充，因為客人一抓就是三五包。但是印度阿姨要了咖啡後只是不斷在那串印度話裡頭提到「Milk」和「Sugar」。照往常，他大概也只會把托盤拿近客人，要客人自己拿走糖和奶精。

也不知道自己到底該不該，總之這回他蹲下來，把放了咖啡壺的托盤暫歇在大腿上，拆了一包糖和一顆奶球，加進咖啡，然後頭也沒回地繼續往下走。

只加了一包糖。或許不夠吧。想到這件事情的時候，客艙燈早就關得全暗，客人們都用完餐要準備休息了。

■

飛機落地，台灣時間凌晨五點二十。

看著客人魚貫走出客艙，他特別留住拖著行李要往前走的印度阿姨。其實也不算是特別留住，而是輪椅旅客本來就應該要最後下飛機，因為輪椅要到最後才

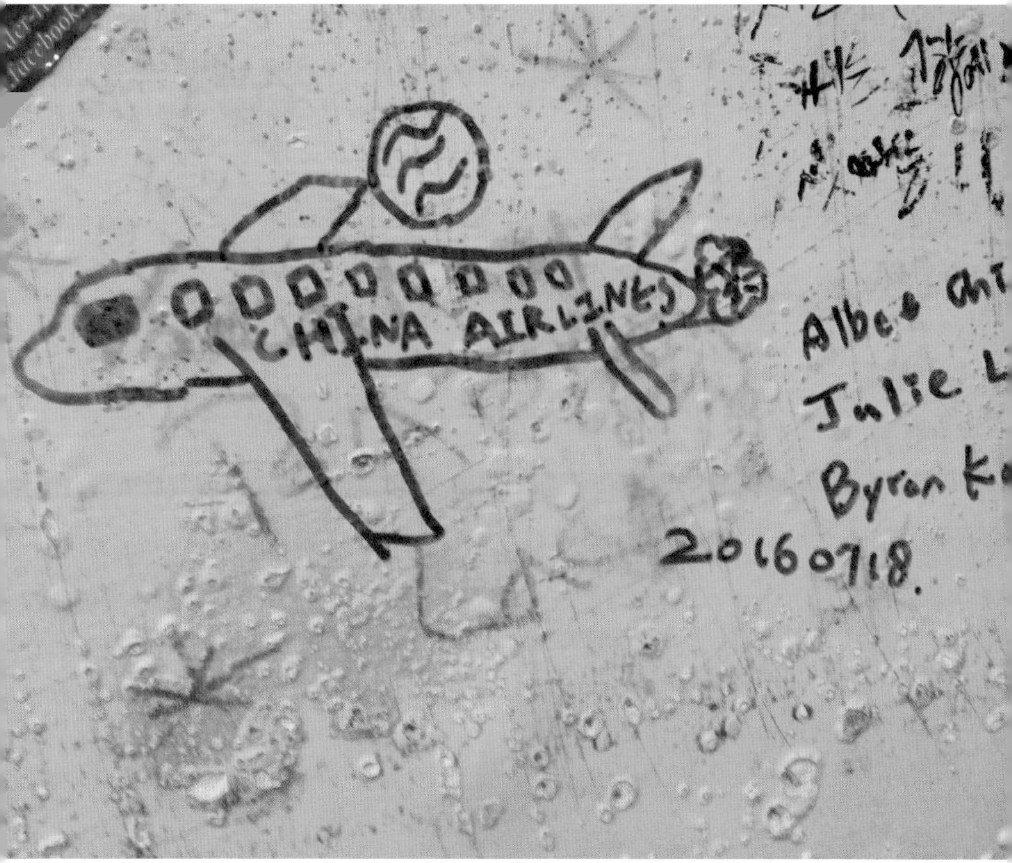
CHINA AIRLINES
Julie
Byron
20160718.

會到機邊來帶走他們。

於是他請印度阿姨先在座位上坐著，這時候她對著他不斷說話。他聽著這片起霧的丘陵地，起起伏伏的。他於是問說，「Transfer to New Delhi?」

蓋了布的丘陵地霧根本不會散。但是可以出太陽吧。出了太陽霧就會散了，但那應該也是等到印度阿姨回到德里才會發生吧。

他想著，自己就在這片丘陵上，沒有煩惱地散步著。沾了一身濕氣也無所謂，反正他知道自己遲早會回到家，而且也快要回家了。他看著不認識的花花草草，然後用盡全力想要記住這些花草的形狀和香氣。他偶爾聽見一些可以辨識的詞語，「America」、「New Delhi」、「Bag」、「India」。

然後，他似是聽到什麼有趣的事情那般，說，「Really?」

他沒有聽懂任何一句。但其實也聽懂所有的東西。

然後印度阿姨又再一次，投以微笑。

他有時候覺得，自己也不特別需要什麼。但也有很多時候覺得，需要這些來自陌生人的溫柔。

畢竟真正的世界早就充滿高樓大廈，鐵門，警報，監視器，酸雨，髒空氣，甜言蜜語，謊言。

而眼前，終於離開飛機，坐進輪椅的印度阿姨回頭向他說道，「Thank you.」

「Thank you.」他笑著答道。「Really.」他心想。

拿督

檳城－台北。

起飛之後，他忙著倒幾杯客人要的溫開水。姐氣沖沖走進廚房，問說：「大哥，你知道拿督是什麼嗎？」

■

這位拿督先生，聽說上飛機時就戴著墨鏡，忙著講手機，手提包放在位置上，向空服員比了比，示意要空服員把包包放進行李櫃裡。拿督先生坐在經濟艙的第一排，一直忙著講手機，姐說，她看到拿督先生講話講得口沫橫飛，一直找不到機會向他致意，只好先忙其他事情。

空服員總是要對所謂貴賓多送上幾分禮數，對於一些貴賓中的貴賓，大家通常手上都會有資料詳列當班次貴賓的喜好，不外乎是愛喝什麼，愛吃什麼，愛讀什麼。當然有些資料上也會發出警語，要組員小心這個那個，以免又再次造成貴賓抱怨。有的貴客因為知道組員們手上有這樣的清單，因此只要哪次漏給了什麼（一杯綠茶、一副耳塞），便會勃然大怒，「你們不是都知道我要什麼了嗎？」當然要警告。像是警告組員豆腐不能用力捏，因為一捏豆腐就會爛掉。

拿督先生終於講完電話，墨鏡依然戴著。西裝筆挺的拿督先生，溫文儒雅的拿督先生，身材充滿福氣，大家都想沾光的拿督先生。

姐還忙著替客人挪出行李櫃的空間，後來被叫住，「小姐，妳知道拿督是什麼嗎？」拿督先生輕聲細語地問。

■

「妳不知道拿督嗎？我就是拿督。妳叫什麼名字？讀什麼學校的？怎麼會不知道拿督是什麼身分？」

「今天要不是商務艙都坐滿了，我才不會在這裡。妳知道嗎，我第一次坐經濟艙，今天第一次，以前從來沒有過。」

「妳知不知道我輕輕鬆鬆就可以把前面的客人，像我現在手輕輕一揮那樣，輕輕鬆鬆弄走？」

拿督先生笑得怡然，像是失重在半空中的羽絨那樣的笑容，嘴角掛在高空中掉也掉不下來。他富饒豐沃的指頭柔軟地在半空中一揮，「就像這樣，他們一個都別想坐進商務艙噢。」

姐說，她幾乎要聽不清楚拿督的聲音，因為拿督的聲音實在太小了，她還必須要仔細看著拿督先生的嘴唇動作。偏偏，拿督先生蓄了滿滿落腮鬍，嘴唇被深黑的鬍子通通給擋住，她根本無法讀唇語。

■

拿督先生又一次按了服務鈴。

原來是要買巧克力，偏偏飛機上缺貨。

但拿督先生只是透過墨鏡對他一笑，說：「叫你們座艙長來。」

在他要去找事務長之前，拿督先生又叫住他，比了飛機尾巴方向，許多旅客正在排隊上廁所。「我沒搭過經濟艙。後面廁所人太多了。讓我去商務艙廁所可以吧？」

事務長理所當然地答應了。只是間廁所沒什麼大不了的。他帶領從容的拿督先生走到商務艙廁所，拿督先生一看發現裡頭有人。

拿督先生無聲地別過頭來看了他一眼，「你不是說我可以來上了？」

■

事務長說，今天是拿督先生的生日，拿督先生想買巧克力又沒有買到，我們乾脆就送他另外一款巧克力替他慶生。事務長端著滿滿一盤的香檳，和那盒巧克力，穿過商務艙，走到經濟艙第一排，大聲對拿督先生說：「生日快樂。」

除了當作禮物的巧克力之外，還有一盤商務艙的甜點蛋糕。事務長還用牙籤沾了果醬，在盤子上寫了拿督先生名字的縮寫，以及「生日快樂」四個字。

貴賓的要求，當然有求必應。拿督先生有事先告知事務長他的名字縮寫了。

「幫我拍個照吧，就拍我的手擺在巧克力上面，旁邊這些香檳映襯我的手。」拿督先生說。

「真是有意境啊。」事務長說。

■

拿督先生，需要被保護。旅客通通都下機後，他還在登機門口跟地勤談話。

「剛剛不是有叫機長發電報下來了？」

似乎是因為，沒有專人來接應他。

拿督先生滿臉不悅。

組員在登機門集合好，準備下班。

「來，大家跟先生說聲生日快樂吧。」事務長說。

有人說，微笑是最好的語言。但是微笑也可以是最無辜的惡意。微笑也可以代表拒絕接受外在世界的一切。他突然想到，要是第一時間遇到拿督先生的人是他，當他遇到「你知道拿督是什麼嗎」這樣的問題時，能不能簡單一句「不知道」就結束所有對話呢。因為這時候無知的力量遠比知識大多了；知識使人更加脆弱——因為「知道」拿督是什麼代表的就是你接受了「拿督」在階級裡頭的地位。何苦自己走進拿督打造的結構陷阱裡呢。

語。

但是在客艙裡頭，走進階級結構與否決定權不在你。所以他微笑，微笑而不微笑而不語地聽著大家說，「生日快樂。」

Just a Normal Flight

「死了死了，你們通通都死了，慢一秒或少開一個門都不行！」

他記得地訓期間，最像是軍事訓練的時期，莫過於那段天天操演緊急逃生訓練的日子。假設今天飛機因為著火而必須發動逃生，假設今天飛機鼻輪著地造成飛機損壞而必須發動逃生，假設今天飛機因為水上迫降而必須發動逃生，你該怎麼辦？一個口令或動作不對，就難免挨一頓罵。

他也記得，在緊急逃生課程開始前，老師也說過，飛機失事的機率是所有交通事故裡頭最低的。絕大部分中的絕大部分——大家默許也放膽希望，這些逃生用具與口令，永遠都用不到。「但是安全是不容許妥協的，活著或死掉，一翻兩瞪眼。服務流程可以彈性調整，但是安全相關的事情就是不行。」

黑與白，生與死，被說得好像關鍵就在於組員能否迅速執行逃生步驟，以最短的時間引導旅客到出口。然而，生活的種種決定若像是擲一個無限多面的骰子，上機之於生死，只是擲銅板而已。正面與反面，生與死。緊急逃生步驟只不過是在死神面前揮劍，試圖找出死神的弱點而已，擊破的機會又有多少？但是，一如飛機著火，一如飛機損壞，一如水上迫降，這些情況本身，就已經帶有死神的憐憫了吧，只要飛機不是直直落下，一切好談，剩下的才交給組員的專業來處理。

「但是，你們也不能只會緊急逃生。怎麼檢查艙門，怎麼打開機門，這種最一般，天天都用到的東西，才是你們更要會的事情。畢竟，飛機就算能順利起降，你們不會開關門，旅客還是搭不了飛機啊。」

黑與白，好似灰色不存在。

■

成田－台北。暑假期間的班機，客滿是常態，何況是東京這樣熱門的地方，超收旅客也不意外。這一趟飛行，他在機上掌管旅客餐點。也就是說，餐勤上了幾份餐點，幾塊麵包，餐盤上的小菜水果品質，凡是跟「吃」相關的大小事，他在地面上都必須充分掌握。像這樣所謂「廚房組員」，很多時候不會有機會面對旅客，因為他在廚房裡頭有太多事情要忙了：清點數量、把餐點平均分配到餐車裡頭、加熱餐點、把熱餐一個一個放到餐盤上（稱之為「塞餐」）、煮咖啡煮茶，這些都只是例行公事。真正讓廚房組員如臨大敵的，是「特別餐」：素食（還分好幾種素食，如東方素、蛋奶素、印度素、耆那素）、兒童餐、水果餐、低糖餐，族繁不及備載。

「大哥，總共七十六個特別餐，這次要辛苦你一些了。」事務長在組員上飛機前，好心提醒他。

正因為這些餐點「特別」，廚房組員在準備廚房工作之餘，旅客登機的同時，還得在人潮裡頭穿梭，依照手上拿到的旅客艙單，找到那些訂了特別餐的旅客，確定他們不只上了飛機，還坐對了位置。七十六份特別餐，因此意味著在全滿經濟艙二百七十七人中，找到這七十六個人，還得冀望他們在飛機起飛後不會突然換位置，以免大家在送餐一陣忙亂之中，又得在茫茫人海裡頭尋找那一位特別餐的主人。

所幸這趟航班的特別餐種類單純，大多數是兒童餐和東方素，特別餐客人也坐得集中，讓他在旅客登機時，很快就能把餐點和旅客位置成功配對。飛機往前滑行的那一刻，他毫不遲疑啟動烤箱，設定熱餐時間，等待飛機起飛、拉平後，馬不停蹄準備開始塞餐。他並不討厭當廚房組員，至少腦子必須要一直轉一直

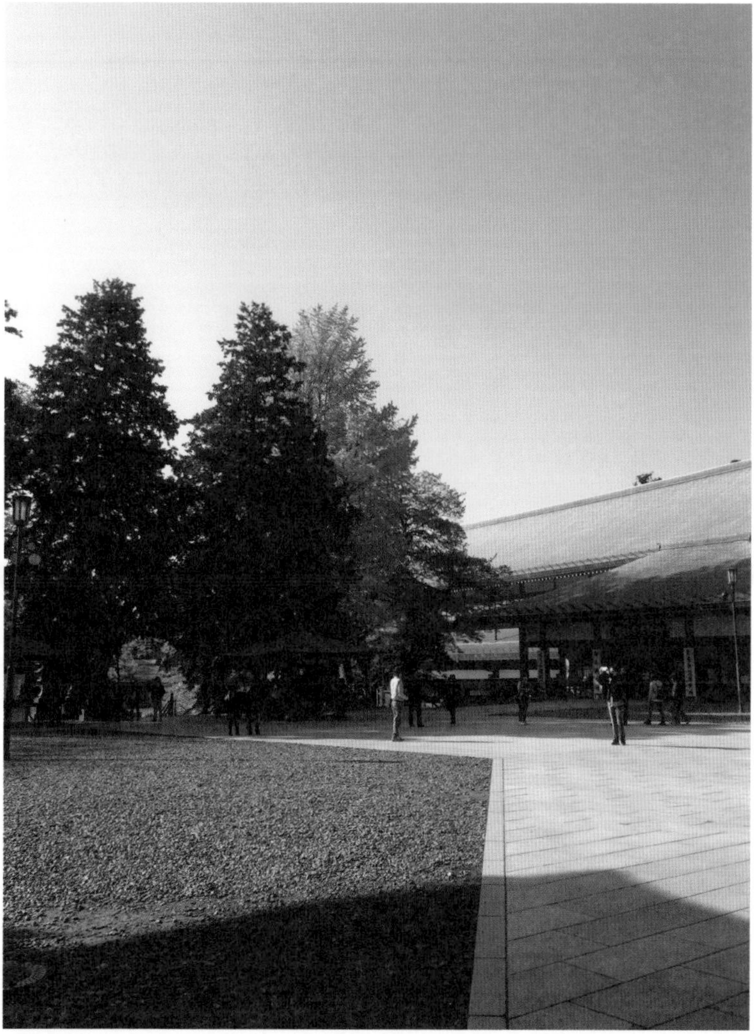

轉，比如說要怎麼讓其他組員以最高的效率發完這七十六份特別餐，才不致耽誤發送一般餐點的時間。

特別餐整理好、交給其他組員發送後，此時考驗的，就是廚房組員的內心了——在天上的他向上天祈禱，所有訂特別餐的客人都順利拿到餐點，沒有誰被漏掉，沒有誰拿錯。他一邊塞著一般餐點，金色盒子的在車子上半、銀色盒子的車子下半，啪啪啪的一格又一格，心裡一邊祈禱著特別餐通通都能平安達陣。

「大哥，36JK的客人說他們沒有拿到素。」

他看到廚房裡頭還有兩份素食的餐盤，但是烤箱裡頭已經沒有素食的熱餐了。沒有多的素食，倒是有多的兒童餐，不偏不倚兩份。他頓時背脊發涼，想起剛剛塞餐的時候，有兩份餐點上頭標示特別餐種類的貼紙脫落，只剩下跟其他特別餐一樣顏色的盒子。他想也沒想就把那兩份當作兒童餐塞到餐盤上，讓同事送出去了。

沒有的食物就是沒有了，比一段冷卻的情感更不可能挽留。

吃一般餐的旅客還在等著拿到餐點，他心不在焉地把車子準備好讓同事們出車送餐後，自己拖著沉甸甸的步伐、拎著兩份沒有熱餐的素食餐盤來到36JK。飛機上缺素食是最可怕的事情了：機上的餐點都是葷食，沒有其他替代的選擇。

沒有就是沒有，在三萬呎的高空中，誰也變不出素食餐給你。像是犯罪活生生被逮到，證據確鑿，你只能在眾人面前俯首認罪。這是怎樣的罪呢？打亂平衡的罪：原本每人配好的餐點因你而失衡，因此人人豐衣足食的烏托邦美景被你摧毀。因為枕頭或毛毯不足而無法提供給客人的組員，犯的罪也類似於此。

面對他的是一對父女，「先生，我已經是第二次遇到這種情形了，第二次！你們公司怎麼搞的？你剛剛不是還來跟我確認的嗎？」

他竭盡全力向先生道歉，但是內心已經為自己定罪，道歉只是無力掙扎爾爾。其實那位先生要怎麼向公司投訴，他都已經回天乏術，無從辯解。道什麼歉都沒有用，黑與白，有吃與沒吃，一翻兩瞪眼。唯一值得慶幸的是，那對父女仍然接過他交給他們的餐盤，也吃了麵包和小菜，即使那位父親臉色滿是不悅。總比什麼都不吃來得好，他安慰自己。

距離到達台北大概還有一個半小時，旅客用餐也到了尾聲，組員們也準備拉出空餐車去收餐盤。到了這個階段，他也鬆了一口氣，準備自己拉一台空車幫大家收餐。正當他準備出發時，一對夫妻，太太攙扶著先生，朝他走來。

他趕忙把車子拉回廚房，那對夫妻此時也倚靠在隔板上。先生有氣無力地對他說：「先生，我出國前看醫生檢查，說我有一點點心律不整、心肌梗塞的問題。」

他還納悶著這位先生怎麼看來很眼熟，為何還要特別跟他提起這件事情的時候，對方又繼續說，「我剛剛已經用過兩次舌下含片了，但還是一直覺得很不舒服。」

這位先生，就是方才沒吃到素食那對父女的爸爸。他反問，「先生，您希望我們為您提供什麼協助呢？」

「醫生說，如果吃過兩次藥都沒有好轉，就要馬上送醫。」這句話，他已說得上氣不接下氣。

■

各位貴賓：現在客艙內有一位旅客身體不適，急需有證照的醫護人員協助，請您立即與空服員聯絡。謝謝。

「太太，請問林先生大名和出生年月日？」事務長從艙單確認過先生的姓名後，向太太再次詢問，以確定英文拼音對應到的中文字是哪些。「大哥，麻煩你把接下來所有的重要時間點記起來。」

此時廚房邊已經來了兩位醫生和一位護士，護士要求組員儘量多拿些毛毯和枕頭，讓倒在地上的林先生舒服一些。

「客人需要給氧，你們有氧氣瓶嗎？」一位醫生說。

他身旁的同事急忙把機內氧氣瓶從櫃子內取出來。他清楚看到，同事的手正在發抖。他清楚記得，地訓時大家都必須熟稔氧氣瓶的檢查和使用方式，以及使用時間有多久。但是沒有人知道當客人已經緊急給氧，把氧氣面罩罩上之後，組員還能做些什麼。

另一位醫生問道，「客人剛才向你反應什麼？」

「他過來跟我說他有一點點心律不整和心肌梗塞，」他感覺到自己在講「心肌梗塞」四個字的時候有些口吃；這四個字不在他平常的語彙裡，他覺得自己像是學大人講話的小孩。「他說他剛剛已經用了舌下含片兩次。」

「現在再給一次NTG。」

「醫生，不好意思，我沒聽清楚？」

「NTG。舌下含片啦。」他怎麼聽，都覺得醫生在質疑他怎能聽不懂「NTG」。

林太太拿出藥罐，放了一片到她先生的舌下。「大哥，把時間記下來，客人第三次用ＮＴＧ。」事務長說。

他硬生生寫下「19:50 客人用第三次ＮＴＧ」。他一無所知，甚至感受到自己方才笨拙得如此赤裸。

「血壓164/97，脈搏108。」醫生說。

「大哥，我們還有多久到台北？」事務長問。

「姐，大概一個半小時。」

太太連忙補充說明，「醫生說，用藥兩次之後還不行就要馬上送醫。」他心中一陣疑惑，「馬上送醫」是個能夠在高空中輕易脫口而出的語彙嗎？

「大哥，打電話請經理跟前艙聯絡，問最近的機場在哪裡。請她打MedLink。」

原來備而不用的事物派上用場的一瞬間如此不真實。MedLink是個專門提供高空醫療咨詢的團隊，負責處理機上突發的醫療事件。

他一路從位在機尾的廚房工作區，穿過經濟艙和商務艙，到達在機頭的駕駛艙。即便組員們試圖維持正常服務的運行，仍然聽到客人大聲抱怨，「你們通通去照顧那個病人就好啦，我連個免稅品都等不到人來賣！」

這是他第一次在飛航中進入駕駛艙。他曾經聽聞同事進入駕駛艙賣免稅品給機長時，在看到一大片星空的當下感動得哭出來。但是他無暇好好偷看眼前窗外的景色，便接過耳機，和另一頭的MedLink團隊通話。操控面板上頭閃閃發光的按鍵讓他眼睛餘光眼花繚亂，手上的筆記本晃動不已，一部分是因為自己緊張得發抖。機長廣播，班機因旅客不適必須轉降沖繩那霸機場。

「大哥，我們要降落了，你現在必須回位置上。」副機長回頭向他說。

回到機尾的廚房工作區，事務長把點滴瓶交到他手上，「大哥，剛剛醫生幫林先生打點滴，麻煩你提著。記得隨時維持高度，血液才不會逆流。」廚房檯面上，則放著組裝好的甦醒球。看樣子隨時準備好要CPR了。

降落時所有客人都必須回座位，包括林太太。林先生吸著氧氣，眼睛瞪大著盯著天花板，他身邊只剩下在位置上的組員了。他一手握著林先生的手，另一隻瘦得僵硬的手撐著點滴的高度。林先生的手卻越抓越緊，身體的顫抖幅度也越來越大。

「林先生。」他感覺此刻兩人好似能夠用眼神溝通。林先生的眼神訴說著恐懼，而他的呢？那股愧疚，那股急迫，那股同情，成功傳達的，又有多少——

他聽到飛機放輪的聲音。「林先生，我們就要到了喔。」

■

他記得，緊急逃生訓練的最後一天，老師用投影片幫大家複習緊急逃生程序。但是下課前，老師發了張紙，標題只寫著「Just a Normal Flight」，要大家依序寫出開關門的一般步驟。

幾乎所有的飛行都是一般的飛行，所以開關門都是一般的程序。不用執行撤離口令，也不用爭取任何分秒。老師再次說明，「畢竟只是讓旅客下飛機，不用打逃生梯，一切不急。按照步驟來就好。」

但是此刻，在門的另一邊，他看到擔架已經準備好。機門依照一般程序開啟後，他看見晚上十點鐘的沖繩夜空，因為機場光害，顯得灰濛濛的。

黑與白之間，擔架推進灰濛濛的夜空中。

飛行線・3

德勒茲和瓜達希的合作，前後延伸了近二十年，始於《反伊底帕斯》（1972），終於《何謂哲學？》（1991），中間包含了範圍最廣、碰觸最多其他領域（生物學、音樂、歷史等等）的《千高台》（1980）。在這中間，兩人依然各自有著作。德勒茲將觸角延伸到電影理論，同時也不忘書寫（或稱之評論，又或稱之「合著」）其他哲學家，如傅柯（Michel Foucault）和萊布尼茲；瓜達希則是發展出特有的生態（Ecology）理論。這種獨特的生態/自然轉向也在《何謂哲學？》裡頭以「地理哲學」（Geophilosophy）的姿態現身。

這中間他們創造了許多概念，這些概念雖然各有不同的名稱，但是又指向相似的運作方式，一如解畛域化（Deterritorialization）與再畛域化（Reterritorialization）、塊莖（Rhizome）、疊歌（Refrain）、流變（Becoming）、少數文學（Minor Literature）、情動力（Affect），以及逃逸路線（Line of Flight）。或許可以看作是一種哲學概念的「因地制宜」，但是也可以看作是一種旋律的變奏。變奏的旋律本身是為一種新的旋律，但是又與原始的旋律息息相關。既不能完全一樣，也不能完全不一樣。當變奏的旋律（我們大可想想莫札特的〈小星星變奏曲〉或是拉赫曼尼諾夫的〈帕格尼尼變奏曲〉）出現了相當的數量之後，那些旋律的集合，連同最原始的曲調，就會鋪展在一個平面上，像是塊莖的生長狀態，並非單一向深處挖掘，而是向平面的方向開展。

所以，那個「最原初」的存在（一個概念、一段旋律、一句話、一種經驗）究竟重不重要呢？

即便是看起來「最忠於原初狀態」的媒介，一如攝影，都早已無法真正「完整重現」那當下發生的所有事情——而因此，被呈現出來的一張照片或是一段影片，都變成一種「再現」，但是這種再現便會被一種「重現」的意圖給綁架，卻又不可能把最客觀的原初狀態展現在媒介裡頭。攝影已分身乏術，何況文字？德勒茲和瓜達希的合作之所以激進，不僅止於他們寫作方式的特異，更在於他們寫作的出發點向來都是與「被寫出來的文字」平鋪在同一個層次上。回歸到兩人合作的起點，《反伊底帕斯》所「反」的，就是精神分析一直以來所要找出的那個「原初」（原初欲望、創傷經驗、「伊底帕斯情結」）的所在。但是追尋那種原初卻是扼殺創造性的最大元兇。

但這不代表「原初」就該被屏棄。相對地，「原初」和「創造」，向來都處在彼此連結的狀態。原初是創造的一部分，而創造是原初的一部分。再也不被「原初」給綁住，從「原初」中脫逃，與「逃逸路線的生成」相逢，便是一種解放的行為。

是啊，德勒茲寫著瓜達希，瓜達希寫著德勒茲。又或者，創作者與作品之間一直都是彼此的一部分，但是創作者既不是作品，作品也不是創作者，創作者是作品，作品是創作者。在「創作者」與「作品」兩條線的交叉，出現了歧異數為四的點，但是在這個點之外，在這個點作為兩條線的連結的同時，就是創造性最純粹的時刻。

但是誰也無法攫取到這個瞬間，一如德勒茲和瓜達希有名的「解畛域化」和「再畛域化」理論總是強調，兩者必然配對存在。

於是到理論發展成熟之後，不論是德勒茲或瓜達希，只要再透過書寫而發生的概念被創造出來，兩人所構成的，寫作之逃逸路線，便不斷地綿延著，直到終有一方宣告結束。這時候即便兩人以書信溝通，書信也不用討論「到達」與否的問題。書信便是得以創造自身的書寫。

直到最後一本《何謂哲學？》，雖然下筆的幾乎都是德勒茲，這本作品依然

那麼，「飛行」能不能被書寫呢？進一步而言，「天空」能不能被書寫呢？

屬於德勒茲和瓜達希。

是的是的，書寫從不服膺於再現。書寫不會消失。所以也不會出現。更不會再現。由誰來書寫，也不會是問題。

■

他最為光火的事情，或者說，普遍空服員最為光火的事情就是別人說他們的生活過得很開心。「大家都只看到我們在不同國家的照片，卻看不到我們工作辛苦的地方。如果我們有在辛苦認真工作，在外站用自己的休息時間，花自己的錢到處走走，這樣哪裡不對了？」

電話那頭的聲音再次極為微弱，他說他剛下班。所謂「剛下班」，指的是他從離開機場，直到大巴士到達台北報到地點之間的時間。有時候他可以講上三、四十分鐘，只因為他不想在大巴士上睡覺，想找人聊天，偏偏同事們上車後紛紛倒頭就睡，獨留他一個人「可憐地在大巴裡頭發呆」。也有時候他只丟兩個字，「好累」，然後就再也沒有下文。

我最為光火的事情，就是他理直氣壯得如此正當而不可責備，像是占據了最道德正當的位置的人。因為「辛苦認真工作」和「用工作成果換來的逍遙」之間是個最正確的因果關係，所以「過得很開心」，不論出自羨慕或嫉妒，都是個不應該被講出來的評論。但是不論工作辛苦或是在國外看起來逍遙，中間沒有被提起的，所謂大家可能真正感到羨慕或嫉妒的，在於是否被看到，而不在於是否真正辛苦或是開心逍遙吧？

因為辛苦可以被看到，因為開心可以被看到，因為開心和辛苦之間的必然連結是如此清楚而明瞭，因為這份工作始終脫逃不了「被看到」的事實，所以沒有什麼是不應該的。所以他說他有的時候喜歡落地之後好一陣子才開手機，玩心未退的他積極正面地在天空逗留，因為他可以繼續維持著這個「理當被看到」的身分，但是又可以擅自決定要被看到與否。所謂積極，所謂正面，大概都是指，他擁有絕對的主控權吧。

包含他下班後在大巴士上的時間，包含他在外站的時間。我始終不解的，便是那亙古不變的命題：為什麼是我？因為我總是在這裡，不為誰而在這裡，他太清楚我在做的事情，因為連我自己都覺得自己在做的事情如此單純：「你的論文寫得怎麼樣？」或許已經是他盡最大可能所表現出來的問候了。

當然，大家都想被看到，只是被看到的面向為何，以及被看得多或少罷了。

但是被看見也就代表把自己暴露在「被再現」的危險裡頭不是嗎？倒不是私生活被窺探得太多導致自己成為那個「想紅」的人。他說，他已經聽了太多人在背後說他「想紅」，只因為他很積極在社交媒體上放自己工作以及在外站時的照片。甚至公司也找過他麻煩，因為他們規定不可以把穿著制服的照片上傳到網路上。

他覺得自己無私的行為卻招致眾人的惡意對待，「但我就是抱著分享的心情，跟大家分享生活，這又不對了嗎？」我看著那些照片裡頭，他在雅加達大型購物商場裡頭吃著印尼炒飯（他帶著驕傲的語氣說「這叫Nasi Goreng，外文系的也可以學學印尼話增加一點國際競爭力」）；在印度泰姬瑪哈陵穿著傳統服飾卻私下不斷叫熱叫臭；在洛杉磯當代美術館穿梭在「Urban Lights」每個燈柱之間；在東京成田鄉間穿著和服，幾乎都是他一人獨照。「為什麼都不跟別人合照？」我曾經問過。

「都還沒有很熟就要求姐一起合照不是很奇怪嗎？」

空服員的每一張照片，在那照片背後拿著相機的手，有多少次是陌生人的手呢？而他那些所謂「空服員生活」之外的照片，裡頭充滿熟悉的台北街頭巷弄、總是擺著兩人份餐點的餐桌，總是去過的那些、怎麼想都不像是一個人會去的觀光景點，特別像他這樣個性的人——既不獨立、又沒有主見、又凡事必須順他心

以客艙為出發角度書寫的天空，不過也就是地面的延伸吧？

意的軟弱，在他面前按下相機快門的人是誰呢？

空服員上下班最為空白的時間，是往返機場和市區的時間，以及待在外站的時間。我既是填補空白的人，也是被空白填補的人。

■

德勒茲和瓜達希並未將「烏托邦」概念化，但是他們在《反伊底帕斯》和《何謂哲學？》均有提及烏托邦。對他們而言，烏托邦「幾乎確定不是個理想的模型」，但若有某種特殊的烏托邦，其便理當是個「集體性的、積極的、充滿創造力的」烏托邦。之所以「幾乎確定不理想」在於烏托邦始終是一種「理想的」空間和時間上結構，而德勒茲與瓜達希的哲學體系若說有任何終極大敵，那便是「理想」背後所意指的「目的論」（Teleology）。目的取向的結構很容易就掉入德勒茲與瓜達希所謂的「條紋層級空間」（Striated Space），扼殺了創造力開展的可能。在「條紋層級空間」裡頭，充斥著既定的律令和階級結構，所有裡頭的成員均依照所配的位置行事，而沒有向外開展的可能性。充滿理想秩序的烏托邦，便需要仰賴這種條理層級分明的空間來分配所有成員的工作，更甚者，這種空間便支配了所有人的行為。

為了解放創造力，德勒茲與瓜達希認為即使「目的論」存在，也不可停止創造；他們不要目的論，而擁抱拓樸學（Topology）；他們不停留在條紋層級空間，而進一步開展至「平滑空間」（Smooth Space）；他們不逗留在線性時間（Linear Time），而翻摺至時間綿延（Duration）中。這些看似二元而互斥的對比，其實都是同時存在的概念。

因此，烏托邦所依附的嚴謹結構和運作秩序，很容易掉入極權的統治模式，而這種極權統治便是喬治．歐威爾（George Orwell）《一九八四》（*1984*）等「敵托邦（Dystopia）文學」所欲描繪的世界。同為敵托邦文學翹楚之一的加拿大作家瑪格麗特．艾特伍（Margaret Atwood）嘗言：「當我們太過努力強制執行烏托邦時，敵托邦會立刻跟著出現，因為如果有足夠數量的人們不同意我們時，我們就必須消滅、打壓、恐嚇、或操控他們，然後我們就有了《一九八四》。」。德勒茲和瓜達希的哲學概念既非「烏托邦」，亦非「敵托邦」，而是必須透過解畛域化、在逃逸路線的生成時出現的「之間」之空間，是為本文所提出之「解域烏托邦」（Deterritopia）。

而空服員的身體與客艙之間，有沒有解放時間和空間的可能？

當客艙與空服員的身體將時間拉至「沒有－時間」的綿延時，身體與空間將會彼此連結，至此於飛行（Flight）時出現的「逃逸路線」（Line of Flight），創造出空服員身體與客艙空間作為「解域烏托邦」的殊異性。空服員和客艙，便可以是彼此「流變」（Becoming）的關係，流變－餐廳、流變－產房、流變－飯店、流變－電影院……而唯有客艙在空中飛行時，才讓這種流變成為可能，是謂「逃逸路線」在客艙裡頭創造出「解域烏托邦」時，「飛行」（Flight）即為「逃逸」（Flight）。

若有種逃逸路線特屬於「客艙」這種解域烏托邦，此逃逸路線，便是「飛行線」（Flight Line）。

■

瓜達希在《何謂哲學？》出版隔年，因心臟疾病過世。那天早晨，他的兒子因為等不到父親在平常的時間起床，到瓜達希在La Borde居住的房間裡頭想要喚醒父親時，發現他已經沒有氣息。德勒茲因為身體狀況不佳而無法出席瓜達希的葬禮。

三年後，疾病纏身的德勒茲於巴黎居住的公寓，縱身一躍。

「何謂哲學？」這個終極的命題，德勒茲說，只有老年人才可以自在地發問。並不代表他從來沒有思考過這個問題，而是因為年齡賦予了哲學家一種優遊，反而可以更加柔軟地面對這個問題。而如果哲學始終處理的是一種生命的樣態，那麼德勒茲從公寓的一跳，究竟是用行為來擁抱生命，還是消極地任由身體終結生命的延續呢。「何謂哲學？」得以被問出來的同時，作為一個總是很難被問出的，「何謂生命？」這個問題，也離得不遠了。

那一跳，是不是想要攫住生命的方式？英文裡頭的「Arrest」，既有捕捉，也有使事物停止之意。在生命始終必須面對自身依舊是個線性概念的殘酷事實之前，捉住生命。

那麼瓜達希呢？德勒茲是不是連同瓜達希的份一起往下跳？

■

我望著房間書櫃擺著的一排小說：《使女的故事》、《法國中尉的女人》、《贖罪》、《時時刻刻》、「紐約三部曲」。他曾經要我推薦可以帶到外站飯店讀的英文小說，我想了幾許，抱著一點惡作劇的心情推薦他《盲眼刺客》。因為我知道這本小說的難度不是他的耐心（甚至，英文能力）可以處理的。

他說，他太常不在家，與其要約個時間碰面拿書，不如用寄的，至少住處樓下的守衛人員可以幫忙收。

小說寄過去之後，從來沒聽他提過半個字。

他說，有時候覺得自己實在太忙了，每個月月底為了換班而焦頭爛額，有的時候換班被「吃了豆腐」（被換班的對象占便宜，比方說，平白幫對方接了更多來回班，或是自己少了很多休假），也得摸摸鼻子接受。到了月中，又得透過許多管道「眯班」（意思是，透過系統的某些漏洞先「偷看」到當下預排出來的班表）。「每個月幾乎只有月初可以清閒，萬一被排到那種超爛的美國班，真的覺得自己又累又不知道在忙什麼，這種感覺你懂嗎？」

有的時候我也希望自己能懂那種，忙到除了忙碌之外沒有其他事情可以思考的感覺。忙到有資格只顧手上的事情，其他事情與你無關的那種單純。但是也有很多事情要你想忙也忙不得。比如，像我這種二流的研究生。瑪格麗特·艾特伍曾經打趣地說，當你問一個正在對著窗外發呆的詩人「你在做什麼？」他的回答會是：「我在工作。」便是這種忙碌了。寫作的忙碌是如何忙碌的方式？如果不該服膺於目的論，寫作該如何開展？寫作的人依然必須在寫作的路上前進，但是他們必須用一種危險的方式前進：他們不往前看，但是他們看著後面。寫作的人是回頭轉身的人。他們是忙碌於後退著前進的人。

「如果你說我的生活只有班表，那你的生活不就只有那些書跟論文，不是嗎？」

他們的工作當然辛苦，這件事情大家都知道，因為他們在飛機上必須照顧所有人的起居。他也曾經在某回被機上卡客欺負過一番後怒氣沖沖地說：「為什麼他們搭火車的時候就不會覺得車長必須要替他們慶生，搭飛機的時候就會？」

那是不是因為，當日子突然間跟平常的模樣脫節了，大家便有一種想要抓住生活的模樣？因為客艙裡頭的座位看起來把所有的，地面上的階級地位給消弭，因此在客人心裡鑿出個洞，那個洞因此不斷製造焦慮，客人們越焦慮就越希望能在飛機上放大自己在地面上原有的那些階級地位？

「心被折騰得好累，然後一天到晚還要被派遣排班欺負。」

那次他飛完一個嚴重延誤的胡志明班，落地時已是下午四點半。照原定班表，隔天清晨四點半報到的福岡班因為休時不夠，必須將班拉掉。「通常這時候隔天都會是休假，但是我一落地就收到公司派遣傳簡訊來，改成隔天飛一大早的

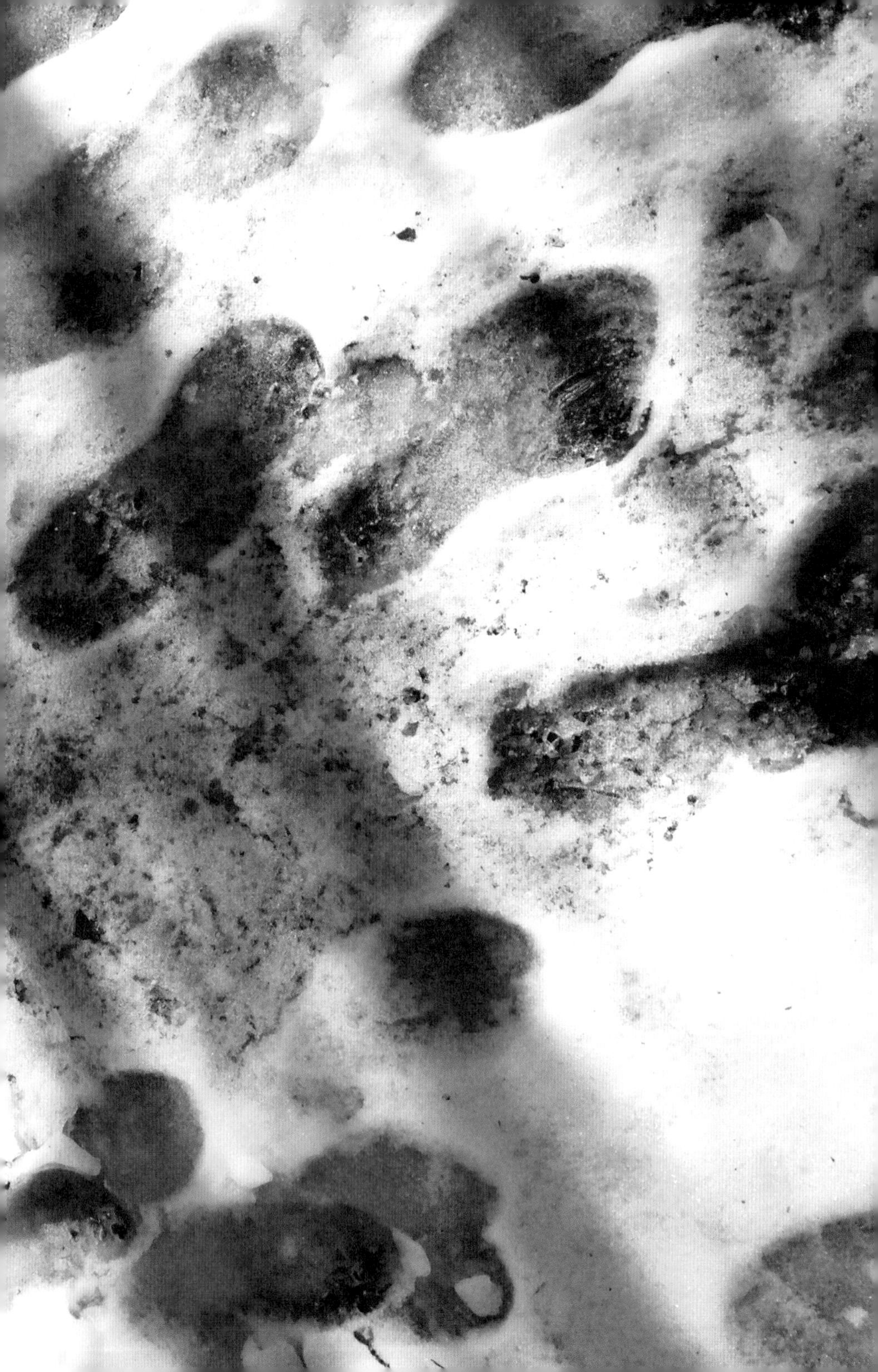

首爾。」

「這樣是幾點報到？」

「凌晨五點。」

「這樣休時就夠了？」

「派遣櫃檯的大哥說，因為隔天本來就很多缺員的班，所以休時如果夠的話就會補我們班。但是怎麼想都不對吧？我們延誤了至少一個小時，但是改了個報到時間比原定班表晚半個小時的班。半個小時就代表休息時間足夠？」

「但是，不是有待命組員？」

「但是大哥說，看在平常照顧我的分上請我幫個忙，我看他實在太可憐也不忍心拒絕了。」

「你認識那個大哥？」

「有時候會在網路上聊天，算是網友吧。」

「如果這麼不喜歡這種上班方式，為什麼不乾脆離職？」

「你這是什麼公司派的言論？」所謂「公司派」，是相對「工會派」而言。

「我只是想跟你說，你從來不是沒有選擇。」

「我也只是想說，我們不是機器人。」

我想了一會兒，「你知道，為什麼有的航空公司開放客人選位子的時候，緊急出口座位會比較貴嗎？」

他說，他從來不過問機票相關的事。因為他們開的都是員工票。

「坐在緊急出口座位的人明明都是必須在緊急狀況下幫忙打開機門的人，甚至還要幫忙疏散其他客人，明明就是一個風險非常非常高的座位，但是選座位的時候居然要特別加錢，為什麼呢？」

「你想表達什麼？」他不耐煩地問。

「因為那些位置舒服啊。」我笑著說。

電話突然被掛斷。過沒多久，網路新聞上開始出現空服員罷工的報導。

空少・地面

縫線的生活

「平針法」，是縫紉的基本方法之一。在一片平坦的布面上，針頭穿出又穿入，引著縫線浮出又沒入布面。從布的一面看去，你可以看到一截一截的縫線成了一個個散布在織布上的線段。端看你怎麼縫，在原先平整的布面上，出現的那一截一截長短不等的縫線，看是各自不相關線段，其實都屬於同一條縫線。所有由線段組成的軌跡，都是時間施力向前拉引的作品。

不論你是否回頭，時間總一成不變地向前拉引。又或許那不該稱作一成不變，而是瞬息萬變：我們總以為時間很單純，不就是過去現在未來爾爾，站在當下的我們總不比被趕出失樂園的亞當夏娃，牽手面對殘酷的未來。這只是假象。時間永遠不停歇地在創造、在改變。沒有人能抵抗，但是我們可以隨之起舞。縫線從平面探出又鑽入，料是這種縫紉不會停止了，勾勒出來的各種輪廓，都是獨一無二。

又或者，與其把時間看作是一種向前施引之力，不如將整片織布看作是許多時間作用的力場，像是大氣裡頭的壓力場，彼此推擠而逼迫出的皺摺，在這裡一段、在那裡一段，有的只出現一瞬間，有的永遠停留在那。我們其實是縫線，只是我們感受到時間力場的擠壓，有的段落出現在這裡，有的段落出現在那裡。有沒有可能，我們同時出現在很多地方？啊，網際網路早就讓這種幻象成為真實。

好比這日，他焦慮著不久後將要飛往洛杉磯，機上難免充斥著無法理解中文英文的越南旅客、或是難免帶有種族優越的美國人（美裔亞裔突然不計較種族了，因為有綠卡而團結），心裡多少不甘願又不願意因此請假。晚上八點，他準備梳洗，報到。

好比這日，仍然同一日，飛機準備落地，他餓著肚子，心想等等到超市得買些度日的糧食。雖然不想單靠微波食品撐過三餐，但是飯店附近的餐廳若想省錢就得吃速食，還不如嚼些微波食品裡的葉菜好告訴自己，健康仍然要顧。晚上八點，他等著經理下令組員執行落地前的安全檢查。飛機起落，整趟飛行最危險的部分，卻也代表著飛行才剛要開始，或將要結束。

於是這日，他在晚上八點，才在台灣吃了晚餐（這時候他總會吃得特別多，抱著一股類似報復的心情在吃，報復的對象是一種抽象的感受，一種飛到美國後想吃也吃不到的怨恨）。於是這日，他在晚上八點，將要在洛杉磯找些食物當作晚餐。他果真在同一個時間做了兩件事情。

他能不能帶著可能才剛吵架的情侶一起搭上飛往洛杉磯的班機，帶他們沿著時間往回飛，飛到一切安好如初的時刻。重頭再來一遍，或許一切都會好轉。

不，時間拉著縫線，此時在台灣穿出，在天空沒入，彼時在洛杉磯穿出，很快又要在天空沒入。不是同一個時間嗎，為何身體如此疲憊。才發現我們為時間刻下的度量，不過是種追求整潔的癖好，不堪空間移動的騷亂，所有的時間刻度都攤開在地表平面。頓時他也不需要手錶了，身體怎麼感受，時間就怎麼跑。因為時間在推擠。一截在台灣，一截在洛杉磯。當然也曾經在峇里島留過一段、在雪梨留過一段又一段、在札幌留過一段又一段又一段……

是謂縫線，乃為生活。

梁柱下

A.

七月的雅加達在近午的十一點，烈日當空，但也有幾片浮雲似是剪貼般黏在天空上，看起來動也不動。明明到處是高樓——或是興建中的高樓——街巷卻一點動靜也沒有。你可以想像太陽就這樣若無其事晒在地面上，塵土也隨著若無其事的風吹來而揚起，但是你感受不到一絲涼意。太陽的高溫是整片黏在身上的：甩也甩不掉，但也不至於惱人。

那感覺像是，大自然和都市文明的所有元素各自做各自的事情，於是陽光兀自曝晒，暖風兀自吹拂，塵土兀自揚起；而明明，風因陽光而暖，塵土因風而飛揚。但不知怎麼地，他就覺得這一些都充滿毫無所謂、漫無目的的氣息。這時候，在炎熱的天氣裡，高樓冷冷地佇立，建地冷冷地停擺，但是車裡頭的冷氣轟隆隆地吹。

1.

入境時已經接近半夜，這段航程的飛法是台北、香港、雅加達。在香港時因為大雷雨的關係導致所有航班誤點，因此光是等待起飛就已經延誤了兩個小時。延誤對他而言不是太大的問題，太晚到達目的地才是。他簡直害怕短班當作長班飛的那種煎熬，身體明明已經疲憊，但又因為工作的關係精神奇佳無比，腎上腺素有時候簡直煩人，好像該幹活的時候就不讓你疲倦，但是這種短班不需要這樣沒有極限的身體——人體極限有多極限，飛個長班就能略知一二。但這不是長班，從下午飛出去明明該八、九點到的，但是入境時他卻早就放棄關注當地時間，只知道一切都很晚。腎上腺素急流勇退的時候，通常是飛機下降通過一萬呎，他得好好坐在組員座位上的時候。

一出關，見到眼前都是席地而坐的接機民眾，每雙眼睛緊緊瞪視著身穿制服的他和其他同事時，他被一時的難過給弄得鼻酸，也弄得清醒了。那些民眾很安靜，或是他總覺得他們很安靜，連在一旁吵鬧的孩子都很安靜。這當然不是聲音的安靜，而是一種對於很多事情似乎感到無所謂或是無能為力的安靜。這種衝突得令人無奈和不捨的感覺直到他離開雅加達才稍微稀釋了一些。但是這種稀釋從來不是因為看到什麼情況被改善了，而是因為，他離開了。

B.

適逢穆斯林宗教節日，連飯店裡的健身房也因此不開放。還以為所有店家都沒有開，但同事說附近的購物中心一樣有營業。

他們一上車，司機就把冷氣開到最強。強風吹出來的味道是掛在風口的空氣芳香包濃烈的人造花香。大概可以猜想，在一個越多觀光客出入的場合，氣味就必須濃烈得越發矯情，好掩蓋過原本可能讓人難受的各種氣味（霉味？體味？）。出風口的芳香包被吹得一搖一擺，擺幅越大，好像氣味就會更加刺鼻。但是實際情形是，味道打從一上車開始就夠刺鼻了，幾乎沒有更加刺鼻的可能性。目的地的購物中心離飯店大概是步行十分鐘的距離，出了飯店門口後穿過一個體育公園，裡頭有許多高大的熱帶樹木，走起來應該不會太過燠熱。但他也只是揣想，沒真的下去走，深怕一迷路就走不回去了。他的方向感一向不太好。

烈陽下的空氣蒙了一層四處工地飛來的煙塵。安全島上的紅土也沒整齊待在安全島裡，看起來像是被什麼東西一搖給撒了出來，上頭栽種的植物也乾癟無比，了無生氣。更讓他納悶的是，安全島的中央沿路佇立了許多那鋼筋外露、不知道打算延伸到哪裡的梁柱。他不時看到有些人躲在梁柱的陰影下乘涼。這天路上沒有什麼車，同事驚訝地說她曾經塞在這段路上長達一個半小時之久。路邊除了一、兩個擺著幾張破舊桌椅的小吃攤販外，街上也沒什麼人煙。

車子在等紅燈時，他見到三、四個大概六、七歲的當地小孩，各自穿著過大而破舊的、明亮而褪色的衣服，奔跑到安全島上席地而坐。他們身旁還跟著一隻看來吃得比他們還要好的小狗。他看到他們似乎在討論什麼事情，也看到其中有兩個小孩手上拿著漆色斑駁脫落的烏克麗麗。他看不清楚琴上有沒有弦。他們打著赤腳在柏油路上奔跑，但他想或許他們的腳皮早已厚得感受不到路上的高溫了。

2.

車子從機場開往旅館的路程大概需要一個小時。沿路經過許多高得嚇人的高樓，大部分是過境旅館。其中還有一大片外牆用螢幕搭起來的購物中心，深夜時還不斷打著他看不懂的廣告。他只看了幾眼就把頭別開了，光線太刺眼。

車子下交流道時，往下看去有好一大塊空間幾乎被垃圾鋪滿，但是那個空間旁邊擠了幾間小屋子。他相信一定有人在那邊定居很久很久了。他突然想到《百年孤寂》的馬康多。他在所有現存的、殘破的、不忍想像氣味的那些地點裡都看到馬康多的影子。邦迪亞上校在建村之初所面對的濕溽景象，那充滿奇幻悲劇的消失之地，突然間可以出現在這裡。

C.

他先買好晚餐，打算下午待在房間，或許讀一讀跟朋友借來的小說，或是找個恰好不用工作的朋友聊天，任何消磨時間的方式都好。他早早上了接駁巴士，司機看他上了車便發動引擎，冷氣的風從初始強勁悶熱，迅速轉為涼爽舒適。其他同事可能還在購物或按摩吧，他想。等到大家都上車時，他覺得車內的冷氣有點太冷了。

下午兩點窗外看去的高溫，讓人難以想像若身在車外那會是什麼感受。回程路上的車跟稍早比起來也沒有增加太多。他在同一個路段見到了方才孩童中的一位小男孩，坐在安全島邊。男孩手上拿著的烏克麗麗，他實在沒能看清上頭有沒有弦，但他看見男孩似乎煞有其事地壓著什麼和弦，右手刷著沒有節奏的節奏，上上下下的。

那男孩見到路上車子停下等紅燈時，跑到其中一輛車的駕駛窗旁，繼續刷著他的烏克麗麗。駕駛手一揮，那位男孩就跑到下一輛車旁，繼續他的演奏。

他真的看不清楚男孩手上的琴到底有沒有弦，但是如果有弦，男孩左手按的指法，和他右手刷出來的聲音，真的成調嗎？巴士內冷氣轟隆作響，他聽不到窗外的任何聲音。

那破舊的烏克麗麗一天又能為他掙得多少錢呢。綠燈亮了。男孩跑回安全島，在不成形的柱下，乞得一點遮蔭。

3.

車子終於開到旅館時，他只知道時間真的很晚很晚了。飛過雅加達的同事看他初出茅廬的模樣，向他簡介整個飯店的設施：這裡下去是餐廳、飯店裡頭有按摩服務、旁邊拐個彎是游泳池、那邊下樓有健身房。飯店有接駁車到Mall，那邊的按摩也很不錯，也建議到那邊買好晚餐帶回飯店吃。治安不太好，要自己小心，特別是晚上不要自己出門。

他領了房間卡片，卡片下還附了張餐券、洗衣券、飲料券。好似飯店想要滿足他所有生活需求，好讓他能不出門，就不用出門般。

窗外

這是他第三次飛德里。原先以為，前兩個月靠著一年全勤選來的德里—羅馬班會是飛行生涯最後一次造訪印度了，殊不知換班運氣來得順，就這樣換到第三次飛印度的機會。整理行李的時候，已經成習慣地帶了瓶大水、泡麵、零食，以及當兵時第一次吃到的八寶粥。都會是劇烈想念台灣食物時拿來聊以自慰的救急品；都會是讓自己更想家的、味覺的口舌之快；都是好像變得能吃的思鄉情緒。

飛機降落時，窗外天色灰暗，原來德里下著雨。一開始還預期落地時看到的是一片刺眼明亮的機場光景，眼前突來的反差頓時讓他覺得淒涼。今天的客人不多，但是忙碌程度也超出他的想像——果然，客艙裡頭，即使只有一百多個客人，只要有那三五位戰力十足的旅客，也夠所有空服員腦袋打結充血了。（服務鈴響。「May I help you?」「Coke, Coke!」他倒來一杯可樂，「No, I want Coke Zero!」他換倒一杯Coke Zero，「I want a red wine.」那位印度先生笑著說。他到此終於失去耐心，「Just tell me what exactly you want, please?」）

送客時，他特別用眼光搜尋帶著兩個月大兒子的印度媽媽。才兩個月，雙手都還戴著手套，避免指甲抓傷自己。飛航中，大家用餐之後，經理把客艙燈光調暗。那位媽媽就抱著兒子在客艙裡頭來來回回走動，而那小孩就這樣安安穩穩睡在母親懷裡。直到一陣突來的亂流驚動他，才放聲哭起來。

媽媽抱著小孩來到廚房，客氣向他問道：「請問我可以借用商務艙這邊的廁所幫小孩換個尿布嗎？」

「當然，只是現在裡頭有人，要請妳等一下。」他說。

媽媽抱著兒子在廚房旁邊的小空間，搖著搖著，兒子一雙水汪汪大眼睛盯著公共螢幕看。

他說，「小朋友很乖呢。」

「我也很驚訝。這是他一次長途旅行。」

「你們從哪裡出發呢？」

「我們現在定居在鳳凰城。先從鳳凰城到洛杉磯，再從洛杉磯搭到台北，現在要到德里。」

「你們老家在德里嗎？」

「不，等等還要搭十一個小時的火車。」

「他以後一定很適合旅行。」

媽媽笑了。「還早呢。」她親了兒子一下。

「他對電視螢幕很好奇呢。」

「不，他只是很討厭漆黑的地方。這裡比較亮，他比較心安。」

「到廚房裡頭來等吧？這兒燈一直都亮著。」

送客時，他看到那位媽媽收拾好東西準備離開飛機。媽媽給了他一個微笑，他方才受的另一位客人的氣，頓時煙消雲散。

■

終究是第三次來，一出飛機撲鼻的印度空氣居然已經沒那麼刺鼻。他也能自若地走在機場裡，不再對這個機場感到好奇。走到大巴旁，把行李交給飯店派來的隨車服務人員後，他原先還想看著司機把大家的行李放進行李櫃，卻被服務人員催著上車。「你們一定很累了吧。」那位服務人員對他說。

上車之後，第一次飛的姐跟他說，「大哥，你不覺得車子有股臭臭的味道嗎？」

「姐，這是印度的味道喔。」

■

這次，他記得隨身帶著耳機，上車後沾沾自喜把耳機戴上。音樂聲音開得大，車窗外的聲音，什麼都聽不到。

這裡法律規定上車不能拉上簾子，這次他發現簾子通通被拿掉了，空留長長一排鉤子在窗戶上緣為車身震動而搖擺。窗外看去的視野格外遼闊，外頭的天色隨著雨停而漸漸亮起，像是舞台劇布幕緩緩升起。

耳機這頭Tori Amos唱著。

——caught a lite sneeze, caught a light breeze——

［場景：交通擁擠的馬路，中間坐落一個狹長的安全島。路的一旁小販擺著滿滿的象頭神（Ganesha）像。另一側則是一所小學，剛放學，門口許多衣衫整齊的小朋友等著家長接他們回家。學童們穿著棕色格子襯衫，靛色褲子裙子，十足英倫氣質。］

——caught a lightweight lightningseed——

「一位身形瘦弱的女孩，四、五歲年紀，只穿著件寬鬆的上衣，下半身光溜溜的。她拿著螢光綠色的玩具塑膠球棒，在安全島上對空氣揮啊揮的。時而轉向攤販那側，時而轉向學校這側。又站又蹲。身子髒兮兮又光溜溜。她一頭金色挑染的短髮，睫毛好像刷過那般。女孩身旁坐著一位身披破舊紗麗的女人，背對著大家，懷中似是抱著嬰孩，正在哺乳。」

——boys on my left side, boys on my right side——

「紅燈。路上停著大小車輛。許多家長騎著機車載小孩回家。騎士們、被載的孩童們，通通望向獨自玩樂的女孩。其中一位摟著爸爸的男孩突然向安全島的另外一側大力揮手。原來安全島的另一邊是他的同學，在那兒蹦蹦跳跳的。女孩先是看向機車上揮手的男孩，又轉身看向蹦跳興奮的男孩。兩個男孩看起來像是在大聲交談，比手畫腳的。女孩想要回應男孩的招手。她不知道男孩是向著另一側的同學招手。但她不久後轉身過去，又轉身過來，一臉困惑。」

——boys in the middle, and you're not here——

「就這樣，男孩間你來我往。女孩對男孩而言，好似不存在。」

——I need a big loan from the girl zone——

「綠燈。眾車緩緩前行。女孩看著男孩被父親載走。她朝著空氣又揮了球棒幾下，把球棒丟到地上。她走向身旁還在餵奶的女人，依偎在女人身旁，看著那乏人問津的象頭神攤販，動也不動，身旁車馬喧囂，與她們無關。」

■

車程還有三、四十分鐘才會到飯店，歌曲放過一首又一首，他忘了自己在哪一首睡著的。突然醒來時，正好放到孫燕姿的〈神奇〉，十足應景的歌曲。她清澈明亮的嗓音唱著：

時空換換換，你回到過去，輪迴轉轉轉，又回到了這裡，好神奇。

他才想起窗外安全島上的那一幕，心裡猛然一揪。終究哪裡都去不了吧，那些比永恆更殘酷的事情。輪迴轉轉轉，都轉不掉的。

公車站旁

雖然一直沒有那種好運能被排到直飛夏威夷的航班（可以在夏威夷待上幾晚），經東京到夏威夷睡一晚的班型倒是飛過幾遍。一回，他跟著資深同事吃吃喝喝，竟然愛上檀香山一間韓式料理餐廳。

倒不是因為店內裝潢格外充滿韓國味，也不是因為牆壁上充滿各地旅客簽名而特別熱鬧溫馨。說穿了也只是因為每到西方國度就會特別想吃亞洲料理。自從首度進到那家餐廳後，他便把那兒當作夏威夷班的固定行程。

那次，餐廳客滿，他索性外帶一份烤肉便當。正在擔心等到回到飯店飯菜都冷了，便瞥見餐廳旁恰巧有一塊小空地，有個無人長板凳。位置恰好，晚風舒爽，邊吃還能邊等公車。

顧不及優雅，飢餓使人忘卻自己身在何方。也沒注意到當他正大口扒飯時，一位當地中年男子到他旁邊的空位坐下，向他搭話。

「Hey, I'm hungry.」男子說。

他自顧自地繼續吃著便當。

「Can I have that, something to eat.」男子指著他的便當。

他沒中斷自己的動作。奮力咀嚼，什麼都聽不見。

「Hey,」男子放大音量「Hey, hey!」

他隨便把飯吞掉幾口，收起便當，走向人潮多的地方。遠遠他聽見男子似乎啐了口口水，大聲嚷道：「You know what, fuck you! FUCK YOU!」

肉還有兩三塊，他吃也不是，不吃也不是。明明還很餓，時差正烈，晚風舒爽，吹了卻叫人刺痛。好想睡，再撐一下就能飛回時差只有一小時的東京。頓時他發覺自己腳步越來越快。

夏威夷的時間比台灣慢，過去的東西讓它留在過去吧，疲睏如是，飢餓如是，羞愧如是，沉寂中無聲吶喊的憐憫如是。他的腳步越來越快，而公車還沒來。

房間裡

洛杉磯與台灣時差十六小時。台灣UTC+8，洛杉磯UTC-8，意即，洛杉磯比台灣慢十六小時。如果想要回台灣立刻順利銜接上台灣的作息，那麼心神絕對不允許過分的時差影響。不想回台灣後被說看起來很累，也不想要在不該打瞌睡的時候不敵睡意。第一天接近半夜起飛，在洛杉磯睡兩晚，然後洛杉磯的下午時間起飛，回到台灣是第四天約莫晚上九點、十點。從班表上面看來，「第二天」是完整的，待在洛杉磯的一日，而「第三天」，則是起飛的日子。回台灣的隔天跟好友出遊，絕對要充滿精神充滿活力。畢竟，要湊到一起休假的日子已經不容易，何況一起出遊。

從上線到這次這個洛杉磯班之前，他一直是個「時間遊牧民族」。人到哪裡，就照哪裡的時間作息。即使，常常在舊金山或夏威夷的凌晨三、四點醒來，又餓又累，雖睏卻睡不著，雖餓卻沒有食物。他依然清楚記得第一次飛溫哥華，他準時在當地凌晨三點醒來，竭力闔眼，卻被飢餓吵得睡不著。打開行李箱，只看到那包乾糧躺在角落，心有不甘，想吃熱食又不知道去哪裡尋覓，馱著自己飢餓的身軀到飯店走廊遊蕩，見到走廊那頭的販賣機閃閃發亮，裡頭那包微波爆米花向他招手。回過神之後，他發現自己盯著微波爐內的爆米花，嘣嘣作響，在微波爐橙黃的燈光下旋轉著。

為了滿足吃熱食的欲望，那天半夜，他咀嚼著爆米花，卻越吃越空虛，明明剛拿出微波爐的爆米花熱騰騰冒著煙，東西一進嘴巴就好像什麼都不是。蓬鬆的爆米花只是不斷不斷地，隨著每一次咀嚼，把房間裡的冷氣抽送進身體裡而已。

這是何等「遊牧」呢，明明被時間給綁得死死的。

為了與台灣時間無縫接軌，他這次卯足全力，頂著才剛落地的疲憊身軀，擬定了這個作戰計畫。管他什麼「第二天」「第三天」的，日曆上頭的格子通通都毀了吧，唯有身體是真的，身體跟隨的那個台灣時間才是真的——

洛杉磯時間凌晨兩點半／台灣下午六點半，吃飯。洛杉磯凌晨六點／台灣晚上十點，睡覺。洛杉磯下午一點／台灣凌晨五點，起床，賴床一個小時後出門到Mall吃飯，順便外帶一份。中間時間自由運用。洛杉磯凌晨五點／台灣晚上九點，睡覺。洛杉磯中午十一點五十五／台灣凌晨三點五十五，Wake up Call。看來也不錯，要吃要睡要出門，通通都有。怎麼突然覺得，這樣子的洛杉磯班，沒那麼糟糕了嘛。

是嗎？

反而一些在台灣掛念的、擔憂的，卻以更大的能量出現在洛杉磯。這時候的你睡了嗎，在做什麼呢，他只能任由想像和臆測，不斷馳騁、踐踏在腦海那一時平靜無痕、一時波瀾萬丈的畫面。而他人就在洛杉磯，努力過著台灣的時間。努力著努力著，好像為了一種遙不可及的同步努力著。在對的時間睡覺和吃飯，而地方總是不對。只因為空間上，不是台灣，就不是台灣。沒在身邊，就沒在身邊。時間同步了，竟發現空間更遠了。

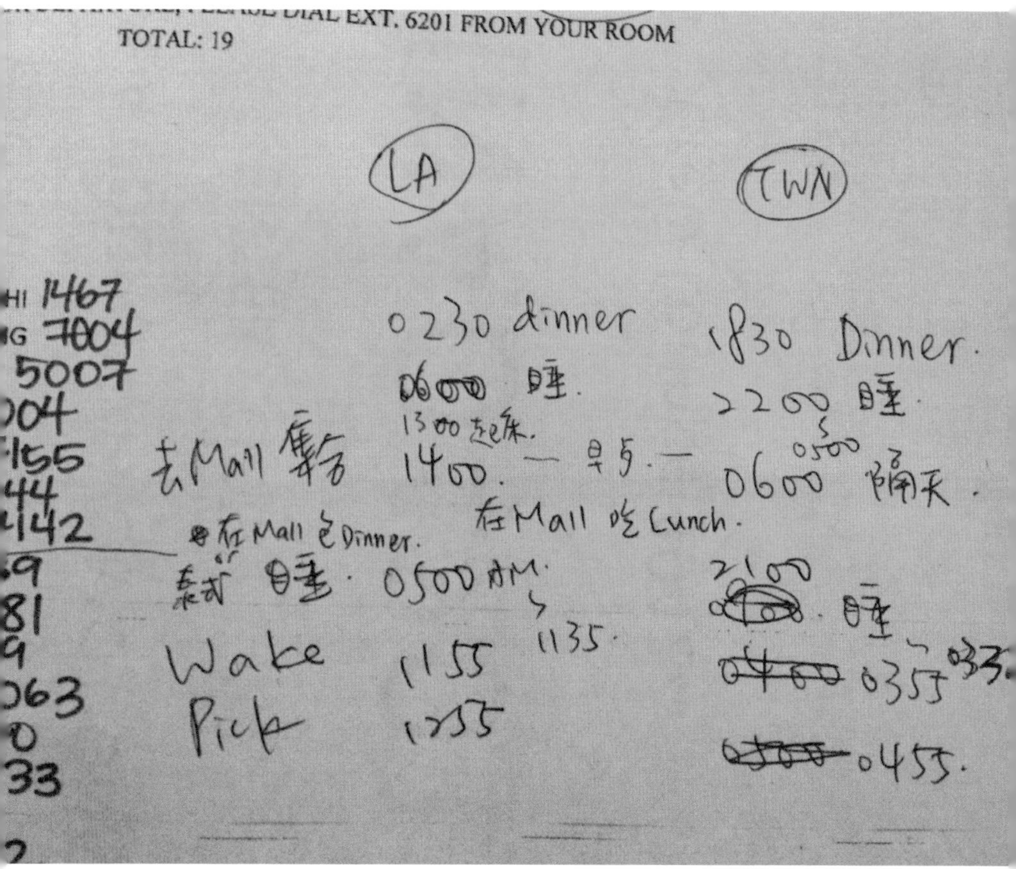
DIAL EXT. 6201 FROM YOUR ROOM
TOTAL: 19
LA
TWN
0230 dinner
1830 Dinner.
0600 睡.
2200 睡.
1300 起床.
去Mall 集合
1400. 一 早5. 一
0500
0600 隔天.
在Mall 吃Lunch.
在Mall 吃Dinner.
試 睡. 0500 AM.
1135.
2100
睡.
Wake 1155
0355
Pick 1255
0455.

病床上

疾病是身體的負面表述。在邁向崩毀衰竭的途中才現身的那些器官，透過疼痛或失能來證明自身的存在。即使一切都有徵兆：或是不經意的一聲輕咳，或是避免和陌生人交談空檔時的尷尬而佯裝的鼻子過敏，吸一下鼻子製造一點聲響，或許那些真的是身體發出的疾病徵兆。身體挾著威脅，跟你自我介紹——或許讓你一句話沒能說完就咳幾聲嗽，或是讓你一口氣沒能吸完、突然阻塞，就那幾秒鐘，好像眨眼瞬間看到一點死亡的黑影，旋即回到生命的正常運作。

日文裡頭的「病気」（びょうき）指的就是生病，約略定義為心靈或身體的反常狀態。日文錯寫成中文的話，就是「病氣」。論字面本身，似乎比中文詞彙裡頭的「病」字多了一些想像空間。好像疾病還沒形成之前都是一股凝聚中的氣，而這股氣會轉化成疾病固著在身體裡。但是「病氣」的思考邏輯，之於他而言，是一種「前疾病」。這裡的「前」不是時間順序上必然的前後，不是非得先有病氣才有疾病。「病氣」，是為疾病所有可能性的集合，病氣蘊含了所有疾病在身體裡鋪展開來所需的能量，病氣是正常身體運作的一部分，是摺在生活裡頭的一種能量——正式談話前的清痰，久坐後稍微伸直腰桿，諸如此類，病氣飽含在生活裡頭，但是沒有以疾病的姿態現身。病氣可以是病兆，但病氣也可以不是病兆。

但是組員最怕病氣成為病兆，又成為疾病。起先，他感覺到自己呼吸的時候，氣體從鼻孔流入，進到肺部的感受更加明顯了：似乎不慎漏進喉嚨的空氣分子必須要與喉嚨的每一個細胞擦撞，引發了那一些搔癢，使他不得不開始以咳嗽抵制搔癢。上了飛機之後乾燥的空氣讓空氣分子的擦撞更為激烈，他甚至開始以假科學的角度，認為隨之而來那若有似無的喉嚨痛是因為撞擊而發生的。

隔天，身體又回復正常。

再隔天，當他準備飛往墨爾本時，又開始咳嗽。喉嚨的搔癢成為工作時在一旁惡作劇的小孩一般，讓他無法好好問客人餐點，無法靜靜輪休。又好比，當他準備從客艙前端走到後端時，也無法一鼓作氣走去，而必須躲到隔板後面咳過幾聲，才能繼續前進。客艙又是如此密閉的環境，每一趟飛行他面對的生病風險，都可能使得病氣在這個日子發展成為疾病，但是他完全找不出肇因在哪個航班，更甭論哪一位旅客。也或許根本不是旅客，而是平常生活在身邊的人。

當身體開始出紕漏，工作好像被蒙了一層灰，而一趟趟飛行累積一層又一層灰，再不消多久，他感覺自己快要被淹沒時，隨便再熬一個夜，再問過幾十份餐點，他的嗓音就隨著飛機落地，消失得無影無蹤。

原先他還能開心地玩弄文字遊戲，什麼「病氣」或「病気」，中文日文的，但是突然間，這些都不重要了。回到家，他躺在床上，半睡半醒，想抵制咳嗽卻發出似是嗚咽又似低吼的聲音，最終還是狠狠咳了一下。深吸一口氣，空氣迅速竄過喉嚨，像是被蚊子叮的腫包需要透過抓癢來安撫那樣，摩擦過去，他抓緊空檔，告訴自己什麼都不要想了，現在澳洲幾點，台灣幾點，休假有幾天——

病氣翻摺出病兆又摺成症狀，他又咳了一陣，總歸是生病了吧，什麼思考都沒有用了。

萬一又必須請假，又得聽電話那頭的聲音數落著說：「為什麼不好好照顧自己的身體呢？」

又要覺得自己很可憐，但是又能如何呢。

點餐檯邊

她那瞪大的雙眼望著前方大排長龍的高中生們，只見她壓抑著語調卻扯著嗓門，用他勉強聽得懂的日文敬語向那片人海問著：「豬肉滿福堡以及蘋果汁是哪一位顧客點的？」

高中生們各自聊天，點餐檯上擺著的漢堡和果汁晾在那兒沒人理會。「豬肉滿福堡以及蘋果汁，是哪一位顧客點的呢？」這個問題又再一次石沉大海。像是眼前那些或許正在被浪擲的青春肉體。她又再一次，努力沉住氣，問了一次：「有沒有哪一位顧客，剛剛點了豬肉滿福堡搭配蘋果汁呢？您的餐點已經準備好了。」

依然沒有人理會。她用力抿了雙唇，靜靜怒視著眼前那一片高中生，拿走托盤，轉身到料理檯邊，拿起蘋果汁，若無旁人那般，把蘋果汁丟向檯面。

果然高中生不論到哪裡，永遠都是讓人頭痛的群體啊。就算到了成田這種東京郊區，高中生依然是高中生，各自耽溺在各自的青春物語裡，無視成人的世界規則，男孩成群結隊喧鬧，女孩三三兩兩聊天，這列隊伍排得很長，想必大家都是趁著短暫的休息時間來買早餐。至於稍後的新勝寺參訪，大抵跟朋友們拍個照，就算是對生活交差了事。噢，還要打卡。#新勝寺 #成田山 #いい天氣 #bestfriends

他是這樣猜想的。誰沒當過學生呢？突然間隊伍前進得很快，他還盯著那罐蘋果汁，就這樣沒再被拿回去。「請給我一份豬肉滿福堡套餐，飲料要熱咖啡。」不知道為什麼這豬肉滿福堡讓他點得膽戰心驚。或許那位服務生只要再聽到一次「豬肉滿福堡」就會決定當場離職。

這間麥當勞一進門，就能看到右側一區被隔成一個一個供兩組兩人對坐的空間。與他同行的同事一看到便開心說道：「好可愛，好日本的風格。」他挑了一個沒有人的「包廂」，擠進狹窄的位置，身子縮成一團那樣，取暖。外套和圍巾都懶得脫掉拿掉，整個人像是被包裹在這個位置，竟然有幾分安穩。和同事閒聊，不知道何時隔壁來了一位奶奶，獨自看著可能是路邊發送的商品目錄。

就這樣與陌生人共同待在狹小長沙發上，保持一點點磁鐵同極那種斥力拉鋸開的距離，他們靜靜吃著早餐喝著咖啡。知道彼此靠很近，甚至不小心聽到啜飲咖啡或是翻閱讀物的聲音，但依然維持絕對無法被簡化的距離。心裡好奇那位老奶奶正在細讀怎樣的商品目錄，但是眼神卻無論如何都不敢飄過去，深怕這是一宗滔天大罪。

這就是日本了，即使是在麥當勞，大家都保持著合適的距離，既合適也和式。喜不得喜，怒不得怒，情感都隔了一層厚厚的玻璃，看得到卻感受不到。又那麼那麼希望能夠感受到，似近又遠。

離開麥當勞時他又望向料理檯，蘋果汁已經被收起來了。

下次

台北基地的組員有三千人。一次飛行任務共事的人少則四、五人，多則十幾人。一個月大概有十次上下的班。每次上班能與同事相處的時間從幾個小時到幾天都有。一個客艙裡兩到三個艙等。每個艙等最多會有八到十一個人。若是經濟艙分成兩個廚房工作區，頻繁共事的組員大概就那四、五個人。四、五個人裡頭，和你推車的人，也不過一個。一趟香港班，來回加起來不到三個小時，扣除掉送餐賣免稅品之類的例行公事，能隨便閒聊的機會寥寥無幾。

若你住在台北特定區域，公司會提供接車：把你從家門口接到報到地點，下班後也把你從報離地點送到家門口。對於有搭接車的組員而言，上班時間從打開車門的那一刻就開始了。理所當然地對司機和同車組員打招呼後，大抵上是一片沉默直到到達公司報到地點為止。即使有人搭同樣的接車，也不代表你們會是這天飛行的同事。報到刷了卡後，一夥人上了大巴士往返公司和機場，直到行進間，或許才真正開始和一起行進的同事交談。

一直到，一直到下班了，你可能根本也沒好好看過其他艙等的同事一眼。離開飛機後整組人上大巴士，即使大家都還在，但也已經各自回到各自的世界裡了。多虧有智慧型手機，多虧智慧型手機能上網。那是種心理感覺上的一哄而散。偶爾組員間會互相加加對方臉書好友，但很多時候，加了好友後就再也沒有一起飛過。從桃園一路到台北的大巴上安安靜靜的，只有冷氣和引擎作響，轟隆隆的領你回到地面的世界，過地面的時間，面對地面的問題。唯一沒變的，大概也就是路上經過的那個工業區、那根不斷吐冒白煙的煙囪吧。

對於搭接車的同事而言，下班後大家得一路從桃園上大巴士，直到抵達台北報到地點後才各自被接車司機給拎走。有時候你會發現，原來從一開始你和某個同事就是搭同一輛接車上班，服務同一班的旅客，現在也搭同一輛接車回家。但是你們從來沒有交談過。飛機上的乘客再怎麼百般刁難、同事再怎麼難相處、飛行途中再怎麼顛簸，這些常叫人哭天天不靈，叫地地不應的機上百態，下班後已經與你無關。同事的關係，嚴格來講，就只發生在天上。回到地面了，各自的生活大可各自過了，船過水無痕也罷。交談，也不是極必要的事。若要說這就是常態，或許難免淒涼，但這的確不算稀有。

工作就這樣經過，「人來人往」對於空服員來講，當然可以指那些乘客，但

更能指有緣分一起飛行的同事。或許不願承認再次共事機會渺茫（除非特別選班或換班），或許為了抵抗時間的無常，卻又不到絕對要想辦法再次共事的程度時，常聽到的道別語便是：下次見。

曾經有一回，剛上線不久的他在下班的接車上發呆，看著窗外夜裡民生社區的人來人往，等著司機載他和同事到各自的目的地。忽然身後的同事大姐向他說了聲「你好」。

「你好，」她說，「我們今天一起飛同一班，我叫＿＿＿。」這沉默破得突然，他感到好像犯了什麼錯一般害羞，心想怎麼會讓資深大姐主動打招呼。姐說，明明大家一起工作，可是常常無法認識所有人，真的很可惜。

「真的……每次組員來來往往都不一樣，如果飛個短班就更難認識別人了。」

「小哥你進來多久了？」

「姐，我才上線三個月，還很菜啊。」

「你為什麼會來當空服呢？」

他一時說不上來這一切的前因後果，只好以最無法解釋一切的成語來回答。他說，這一切都是陰錯陽差。

姐聽到他有可能打算繼續念書，便語帶感慨地說：「跟我當初很像呢。當時我有個很要好的朋友一直很想要進公司，而我本來打算要出國念碩士了。那時候她找我一起壯膽到公司來面試，沒想到最後我上了、她卻沒上。後來，她跟我說她要出國念書，然後我反而決定要當組員。這種劇情只要發生在現實生活，就會讓人覺得人生際遇真的太奇妙了。」

他把姐的故事當作一種很奇怪的寓言——他真心希望這是寓言，一個還沒有把故事講完的寓言；一個沒有結局的寓言；一個最終帶有警示效果的寓言。不是預言。但他看不出姐談到這件事情時，臉上表情帶著的是悵然還是滿足。

車子拐了個彎，緩緩停下。姐家到了，司機把車內燈打亮。

「小哥，加油喔，上線要飛得開心。」

「姐，謝謝。」

「下次見。」她說。

他聽到熟悉的這三個字時，心中難免一點酸楚，但這次好像比以往甜了一點。「下次」是個用語言抵抗時間的強力詞彙。說了下次，心裡就會開始有了「下次」發生的畫面。與事實無關，但是心裡的感受，常常比外在事件還要真實不是嗎。「下次」在講出來的當下就已經發生了。怕就怕在「如果」。

他想，總是會有很多不一樣的人對彼此說著「下次見」。每次的下班都講著的「下次」，都是一種一旦被講出來就立即實踐的承諾。組員之間那股與機運拉扯的，彼此之間的牽絆，因為有了「下次」，而讓這片廣袤人海顯得沒有那麼浩大無邊。

有人說，這是個寂寞的工作。

說得也是，每次都跟不一樣的人共事，怎麼不寂寞？

或許不是，每次都跟不一樣的人共事，怎麼會寂寞？

飛行線．結論

會場聚集了許多參與罷工的空服員。媒體稱之為「最美麗的罷工」。我看著那些高聲呼喊口號的臉龐，在台上主持人的帶領下，大家唱著：

全國的勞動者啊
勇敢地站出來
為了我們的權利
不怕任何犧牲

反剝削爭平等
我的同志們
為了明天的勝利
誓死戰鬥到底

殺殺

高喊「殺殺」的他們竟然都是空服員。那優雅、從容、臨危不亂、在機內遇到任何狀況都必須處變不驚的，「安全的守門員」們（「等到需要緊急逃生的時候大家都得靠我們呢。」他曾自豪地這麼說著，聽起來那麼像遊戲、那麼像是一個永遠不會兌現的承諾），在這個場合迸發出來的憤怒和暴戾之氣在這個暑氣逼人的夜晚，讓整個場地沸騰了起來，在這個夏夜已經溽氣蒸騰的台北盆地裡。

他們憤怒，而且是拖著即將被時間和飛行擊垮的身體憤怒著。他們說，公司用惡劣的行為強制執行惡法，擅改工時的計算方法、罔顧空服員們面臨越來越多紅眼航班、必須用更大的健康代價來換取酬勞。於是高喊「殺殺」，在這裡他們必須是戰士，捍衛自身權益的戰士。

台下聚集滿滿的罷工空服員，那些面龐精緻的女子和男子們。在主集合場邊許多人支援糧食以及用品，當然，也聚集了許多記者。還有許多看起來不是記者，純粹是業餘興趣攝影的人們。

台上立起一片大布幕，斗大的「罷工」兩個字，寫得直白而聳動，如此叫人不可置信——這真的是空服員們發動的罷工嗎？如此陽剛而單刀直入，如此絕對而不可妥協。但空服員也都是有血有肉的身軀，都是受到勞資關係約束的身體。這樣的身體其實非常不堪於任何勞資關係失衡的衝擊——但是有的人選擇隱忍，直到忍無可忍這一刻。

從主舞台跨過人群的另一頭架著棚子，棚子底下坐著工作人員，正在收集到場空服員的員工證。我從那些排列的隊伍開始搜尋，搜尋那張我從來沒能當場見過的臉。他才剛下班，算一算，我們到場的時間應該不會差太多。但是從每張收件人員坐的桌子出發，向人龍那端延伸出去，沒有那張我從手機螢幕上看過好幾次的面孔：單眼皮、白皮膚、身高應該約莫一百七十五、頭髮總是梳得油亮，配上那張瓜子臉、笑起來總是帶些童稚、以及烏溜得像是幼貓一般的眼睛。

我再次望向聚集在舞台下的所有人們，他們紮著頭巾、身穿工會發放的背心，在台下聆聽著台上一位位空服員以及工會幹部對著集合場旁的公司台北辦公室喊話。有的人傳遞物資中心發放的糧食和礦泉水，有的人幫忙控制人群位置以免影響交通。

這時手機震動，他傳來的訊息只寫著兩個字，「好累」。

■

嘉瑋：

客艙、空服員和德勒茲的連結很有趣，但是如果你想要把空服員的工作理論化，你對空服員的工作內容的了解，以及那些內容的出處就必須有足以讓人可信的來源。比如，你是不是針對空服員工作內容做了相當人數的訪談，或是有沒有什麼學術上的研究有針對空服員的工作生活提供更有系統性的整理？

這篇論文看起來有幾個意圖，其中一個是將傳統認定的「烏托邦」藉由德勒茲的理論發展成「解域烏托邦」，然後在「解域烏托邦」底下，你將「客艙」視為一種特別的空間，一種「解域烏托邦」的分支。如果我理解無誤，「客艙」必須要透過「飛行」才能存在，然後「空服員」可以透過你在論文最後想要發展的「逃逸路線／飛行線」來進入「第三時間」（或你稱的「沒有－時間」）。但是有幾點你可能必須要稍微顧及的：

一、空服員的身體透過你的論文可以被看作是一種「解放」的身體，我了解你想要強調的是創造的層面。但是空服員畢竟仍然是勞工的一部分，一旦碰觸到「勞工身體」的議題，你勢必會面臨一個問題，那就是勞工身體是否有可能真正被解放？在這個問題底下，你會怎麼理解「解放」呢？「解放」的身體對於勞動的身體而言能代表什麼呢？

二、「逃逸路線」在英文裡頭翻作「Line of Flight」，「Flight」在你的論文裡頭扮演了幾乎是文眼的角色，但是德勒茲的英文版譯者也說過「Flight」其實跟「飛行」沒有關聯，在這邊你要怎麼解釋？

三、「飛行線」是個很有趣的說法，但是「Flight Line」的字典解釋是「停機坪的飛機停置處」。這邊其實帶有強烈的停留、停滯的意味。所以你在論文裡頭的定義也得顧及這個層面。

距離期末繳交期限還有兩個月，很期待看到你的論文。

祝夏日涼爽。

■

他接起電話我劈頭就問，「你在哪裡？」

「大巴上。」

「你為什麼在大巴上？」

「我要去飛啊。」

「飛？你要飛哪裡？不是才剛下班嗎？」

「派遣的大哥打來跟我說他們實在找不到人可以飛了，問我能不能幫忙。」

「所以你不參加罷工？」

「我也很想啊，但是派遣大哥說他真的到處找不到人了，我覺得他太可憐了，而且他又那麼照顧我——」

「他照顧你什麼？」

「——所以，我們這班組員除了我之外其他通通都是事務長或是客艙經理，我等等一定會被修電的……」

「所以你等等要飛哪裡？」

「法蘭克福。」

「他們知道你才剛落地嗎？」

「沒關係，我這樣算是主動支援。另一組飛洛杉磯的更慘，聽說他們整班組員通通都是還在受訓的同班同學，有的人還要硬著頭皮去打商務艙。」

「你吃飯了嗎？」

「剛剛一到家，朋友就幫我買好晚餐了。」

我看著舞台上下，繼續高唱著〈勞動者戰歌〉的人們。

「你在罷工會場嗎？」他問。

我沒有回答。

「麻煩幫我的分替大家加油。」

我看著會場那些臉龐。我是多麼希望他們美麗的日子，能夠過得更美好。畢竟，這不只是攸關空服員的權益。空服員背後代表的會是更多的，可能正在經歷我們無法理解的打壓的勞工們。

但是我不知道。

■

我有個空少朋友，但是我們後來不聯絡了。

至於那個被我稱作「空少」的部落格，再也沒有更新過。

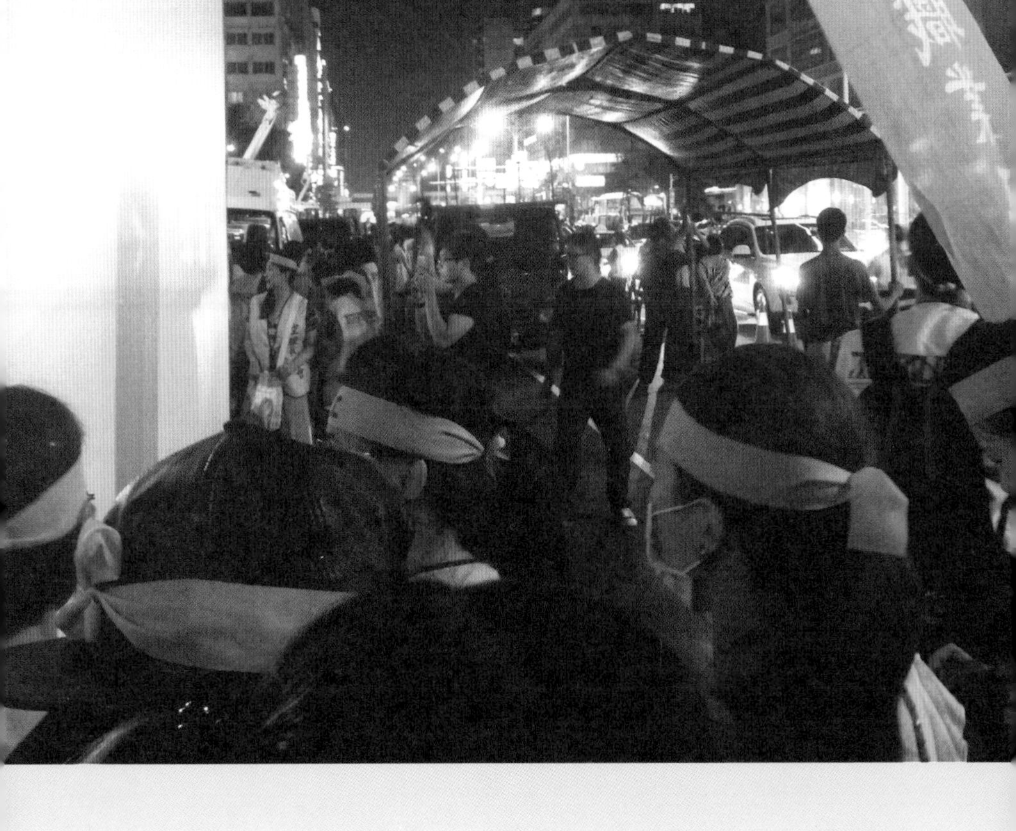

若天空是地面的延伸，那麼真正魔幻的，或許除了人之外，也沒有其他了。人來人往，就是魔幻時刻，
就是一種飛行。

空少們（筆記）

他說，您好，歡迎登機。

他的眼睛看似無神，剛睡醒似的，其實銳利無比。他可以用最事不關己的速度看到同事下一步要做的事情，然後接手過去，他連「姐，我來」都不說，周遭的人可能會被他給嚇一跳。或是因此迷戀他。

他的眼睛是獵犬，但是大家說那要瞇成一條線的輪廓，比綿羊還要無害。於是他若無其事在確認機門是否關妥時，拿了濕紙巾，把拓在機門上的陳年汙漬拭去——逝去後，獵物可能就會上門。他體貼。他細心。機門都知道。她們要是機門就好。

他的長褲左膝下三公分的地方裂開像是牙齒整齊的猛獸咬過那樣，西裝褲順著臀形任布料滑過大腿和小腿腹比擁抱還要親密，偏偏在膝下三公分的地方綻開，他覺得挺美的，像是來不及含苞的紫鳶，或是嗷嗷待哺的豬籠草。

他總是念念有詞，有人說他想升官想瘋了，既然升不了官，乾脆用話語犯上，企圖篡位，於是不論當天來回班或是過夜班，他在大家進機門前都會無視經理的存在，大聲宣布，這一站要注意什麼，哪裡可以吃喝，接車時間幾點，打工流程是什麼。資淺的唯恐觸怒他只好按兵不動。資深的卻一哄而散。

他的制服總是看起來要撐破了。壯碩的破。人家說到他第一句就會說：「他喔，就是那個練很壯的大哥啊。」健美選手那樣。他在地停的時候會把西裝背心解開，襯衫緊繃，曲線畢露，連領帶都按捺不住。

他的頭髮順著頭形向後梳，舒展如流，服貼俐落。那股髮流，隱形的水，滑過眼角然後放射出來的光芒啊，不知道是香水還是其實你真的感到難過，刺鼻還是鼻酸呢，還是想要去到永遠到不了的美夢裡頭呢？

他和教官們稱兄道弟。像是《欲望街車》裡頭的男性同盟。當兵同梯。看似你我一家，實則據地為王。涇渭分明的階級。遊走在階級之間，卻更加確立階級的存在。或是互通有無，說法沒有一定。

他的睫毛外於臉而存在。不是不屬於那張臉龐；你大可說他的睫毛和他的面龐平起平坐。有時候，甚至是睫毛定義了臉龐，所有的表情都寫在上面。他的低眉和笑靨，睫毛先讓你知道。你記住他的臉；你記住他的睫毛。

他的習慣是送完餐就把咖啡通通倒掉，然後重新煮一壺。同事偶爾以為是為了讓大家喝到新鮮剛煮好的咖啡才這麼做，於是此起彼落的盛讚聲不絕。他為了避免尷尬，等到風頭已過，才緩緩地、多麼若無其事地、小心翼翼地，照著自己的習慣，抽出兩層紙杯，將煮好一小陣子的咖啡注入杯裡，似是仍燒燙不已那樣啜飲。

他和同事們親如姐妹。這是她的說法。在客艙裡頭搖曳生姿，手勾手一同從客艙回到廚房，「欸姐」，他說，然後是一長篇生活與感情煩惱的絮叨。她心想，我們才第一天見面。他在飛機落地後，如釋重負那樣，說，姐，這麼真心的朋友好難找，好想跟妳飛長班，我們來加臉書，我們來自拍。

他才不管那麼多。一聲令下，該給客人的不少給，但也一律不多給。他才不信什麼，服務就該超出客人預期。他說，人的欲望無窮，是很輕易就越鑿越深的洞。他才不願意助紂為虐，他希望人來又人往，船過水無痕，你搭火車或客運會對服務人員要求那麼多嗎，他問。

他走路時圓滾滾的臀部左搖右擺，姿勢像是企鵝。西裝褲修改得滑溜順暢時，走路的搖擺與布料的服貼成為舞者的互動。好比酥胸的臀，西裝與臀部的拉鋸，著男裝的瑪丹娜，或是雌雄同體的碧玉，或是剛出道和近期的凱特．布西。

他的肌膚沉默如白紙，表情總是若有所思，談話聲音溫潤滑順。他一頭捲髮，說是剛燙完不久的結果。大家說很韓系，他說謝謝，大家以為他說韓文。他說，他在外站早就不出門，錢都存起來，自己有個目標要達成。大家最喜歡有目標的男人了。

他的同情心氾濫。他說，一直要水的客人很可憐，飛機那麼乾燥的地方。一直要玩具的客人很可憐，家裡可能沒什麼錢所以要拿很多玩具給小孩。吃不到雞肉飯的客人很可憐，好不容易搭上飛機想要好好吃一頓飯也不行。大家覺得他純真像小孩那樣善良。純真跟天真跟愚蠢，好像也沒有多少人真正能分辨。

他自認是貼心的經理。總是跟客人有說不完的話。不是特定客人，而是全部客人。因此不論飛機上面的大小事，他總愛透過廣播，用滔滔不絕的中文以及行雲流水（汙水）那樣的英文跟客人們說三道四。他還特別叮嚀外籍組員聽完廣播要記得翻譯。於是他講了三分鐘，外籍組員總能用兩句翻譯完畢。

他的手指如此靈巧，魔術師一般的手指。他的確會變魔術，他總在巡視客艙時巡到廚房裡，說，美眉你們想看我變魔術嗎妳準備好一個硬幣過來。這時候她一心只想要快轉一切，快轉飛行時間，快轉客人留在飛機上的時間，便無心應聲，好啊，然後魔術時光遂變變變得沒完沒了。他最大的本領他自己不知道，其實是把時間拉得好長好長。

他竭盡心力讓餐點變得好吃，於是在餐點名稱上面下功夫。他大聲嚷嚷，神仙餐吶神仙餐好吃的神仙餐，神仙水吶好喝的神仙水，你不吃嗎，你不喝嗎？要是能因此讓魚肉麵變成雞肉飯，神仙才是顯靈。但是神仙從來沒有顯靈過，不知道是不是因為神仙到地面去照顧人了，而飛機在天上飛，神仙不在辦公室。

他頓時像是被懲罰的小孩那樣跌坐在廚房裡，地上是散落一地的免稅品。他對著牆面說，我好渴好累，我好想喝水，免稅品怎麼點數量都不對。然後他身旁突然就有人遞來一杯水。一旁的聲音說，好可憐，好辛苦，好可愛。但另一旁也有聲音，像是看慣小孩鬧脾氣的家長那樣，說，這樣也可以喊累。

他的外省口音和習慣加在句尾的「他媽的」，讓客艙突然變成小軍營。大家一同廝混度日那種，偶爾偷喝點小酒或是蒙混打掃時光的語調，讓人心安，好像客艙又更安全，更不怕壞人了一些。

他笑起來像是不良少年。一種概念上的不良少年，校園裡頭必須要存在的一種，可能家裡很有錢，可能口操流利的英文，但是是個不良少年。因為他翹課，上課打瞌睡，暗地裡行俠仗義。他就是這樣的帶班事務長，睥睨眼底下所有制式的服務流程，服務像是嘲笑，但是又必須承認，有的人這樣做事，就會帥氣多於隨便。

他塞餐時廚房好比豪雨。他要大家閃避開來。有時候這意指：通通不要動我的廚房。在外面靜靜等候的眾人只聽到廚房裡頭可能是雨打或是雷擊那樣的聲響，像是一群忘了帶傘的人爭相走避躲雨。千萬別因此誤闖入內，也別說什麼，大哥要不要幫忙。這些都只會惹來叱喝，不用不用。不用。不要動任何東西。

他種植氣味的藤蔓。香氣的種子在客艙所有人的鼻腔內萌芽。如此狂暴而蠻橫，大家都記住他了，因為嗅覺如此無法設防。他說，他離不開香水。上班當然要噴，回家洗完澡也要噴。睡覺前更是不能忘記。他不能忍受自己身上沒有香味。他說，香香地睡覺，不是很好嗎。

他狩獵於無形。而他總是故作無事那般將手搭上他們的肩，或是撫上他們的腰。他或許善於感受。像是聽診器。可以聽到生存的聲音，然後讓生存顯得嬌羞，再將生存的火花控制得很微小，微小得很卑微。但是始終什麼也可以沒有，或是什麼都可以有。

來來回回，來來回回的，點綴著花團錦簇的空少們——

他的步伐植出花香

他的笑容謄寫陽光

他的髮梢萌發優雅
他的酒窩凝縮傾慕
他的皺紋翻摺景仰
他的汗水灌溉幻想
他的眉毛飄逸憧憬
他的指甲徒增哀傷
他的嘴角勾勒情話
他的喉結搔癢目光
他的領帶收割欲望
他的袖口渲染食欲
他的皮鞋滋養客艙
他的黑襪枯竭天色
他的手腕溢散鄉愁
他的青筋洋溢幸福
他的香水味是房間
他的眨眼是交響詩

他的問候語是冰塊
他的站姿是黑咖啡
他的臉頰是棉花糖
他的皮帶是螢火蟲
他的嗓音是抽象畫
他的小碎步是開屏
他的暴牙是手風琴
他的耳垂是牧羊犬
他的眼睫毛是清晨
他的小腿肚是水晶
他的無名指是幻滅
他的掌心是暴風雪
他的二頭肌是神話
他的㞘斗是紅茶漬
他的瀏海是獨角仙
他的雙眼皮是肥皂

他的單眼皮是刨刀
他的嘴唇是毒蘋果
他的腰際是駢體文
他的行李箱是生活
他的紅血絲是愛慕
他的小腹是莫須有
他送過來的珍饈言簡意賅
他摺過的麵包布價值連城
他倒出來的咖啡孔武有力
他斟出來的美酒醉倒人心
他推過去的餐車撩撥心弦
他和你的轉瞬比夏夜晚風來得叫人懷念不是嗎？
他和她的對望跨越時空充滿希臘悲劇的能量嗎？
他於是抬起手臂打了招呼
或是撥了一下頭髮
或是走出又走進廚房不知道在忙些什麼呢？

你才踏進客艙

您好，歡迎登機，他說。

聯經文庫
高空三萬呎的人間報告：一位空少的魔幻飛行時刻

2020年7月初版　　定價：新臺幣390元

著者　柯嘉瑋
叢書編輯　黃榮慶
校對　蘇暉筠

副總編輯　陳逸華
總經理　陳芝宇
社長　羅國俊
發行人　林載爵

出版者　聯經出版事業股份有限公司
地址　新北市汐止區大同路一段369號1樓
叢書編輯電話　(02)86925588轉5307
台北聯經書房　台北市新生南路三段94號
電話　(02)23620308
台中分公司　台中市北區崇德路一段198號
暨門市電話　(04)22312023
台中電子信箱　e-mail：linking2@ms42.hinet.net
郵政劃撥帳戶第0100559-3號
郵撥電話　(02)23620308
印刷者　文聯彩色製版印刷有限公司
總經銷　聯合發行股份有限公司
發行所　新北市新店區寶橋路235巷6弄6號2樓
電話　(02)29178022

行政院新聞局出版事業登記證局版臺業字第0130號

本書如有缺頁，破損，倒裝請寄回台北聯經書房更換。　ISBN 978-957-08-5544-9 (平裝)
電子信箱：linking@udngroup.com

國家圖書館出版品預行編目資料

高空三萬呎的人間報告：一位空少的魔幻飛行時刻
柯嘉瑋著．初版．新北市．聯經．2020年7月．296面．14.8×21公分
（聯經文庫）
ISBN 978-957-08-5544-9（平裝）

490.17 108014812